NAM CAO

南高小说选

[越南]南高 著

巫宇 译

中国言实出版社

图书在版编目（CIP）数据

南高小说选 /（越）南高著；巫宇译 . -- 北京：中国言实出版社，2021.6
ISBN 978-7-5171-2922-6

Ⅰ . ①南… Ⅱ . ①南… ②巫… Ⅲ . ①中篇小说—小说集—越南—现代②短篇小说—小说集—越南—现代 Ⅳ . ① I333.45

中国版本图书馆 CIP 数据核字（2021）第 117390 号

出 版 人 王昕朋
责任编辑 张国旗 李昌鹏
责任校对 宫媛媛

出版发行 中国言实出版社
地 址：北京市朝阳区北苑路 180 号加利大厦 5 号楼 105 室
邮 编：100101
编辑部：北京市海淀区花园路 6 号院 B 座 6 层
邮 编：100088
电 话：64924853（总编室） 64924716（发行部）
网 址：www.zgyscbs.cn
E-mail：zgyscbs@263.net

经 销 新华书店
印 刷 徐州绪权印刷有限公司
版 次 2021 年 7 月第 1 版 2021 年 7 月第 1 次印刷
规 格 880 毫米 ×1230 毫米 1/32 7.375 印张
字 数 163 千字
定 价 39.80 元 ISBN 978-7-5171-2922-6

序

当巫宇的《南高小说选》译稿在眼前展开时，一种意外的欣喜自然而然地涌上了我的心头。

巫宇是我的学生，2010 年从广东外语外贸大学越南语专业毕业后，她走上了外事工作岗位，在完成繁忙的本职工作之余，她将有限的业余时间日复一日默默地投入到越南现代著名作家南高作品的翻译当中，在两年多的时间里选译出了由 17 篇作品组成的《南高小说选》，这不由得我不感到“意外”。“欣喜”的则是现当代越南文学作品在我国的译介原本就寥寥可数，将某位越南著名作家的作品集中选译出版更是鲜有所见。巫宇这一译本的问世，无疑将为中国读者多提供一个了解越南现代文学的难得机会。

南高（1917—1951）原名陈友知，出生于越南河南省里仁县大皇村一个中农家庭，初中毕业前夕因病休学，十八岁那年跟随舅舅到西贡（今胡志明市）谋生，从事过裁缝店文书等工作，并开始走上文学创作之路。三年后他北上河内，经过一段时间的自学，南高考取了初中毕业文凭，在一个亲戚开办的私立小学教书。1943 年，南高加入印度支那共产党（即越南共产党）发起组织的文化救国会，从事爱国、救国的文化活动，河内的文化救国会遭到法殖民当局镇压后，他返回家乡，投身越盟运动。1945 年八月革命爆发时，南高在当地参加夺取政权斗争，被选为乡主席。1947 年，他前往越北根据地参加抗法战争，担任《越北救国报》编辑部秘书，同时继续从事文学创作。1948 年南高加入印度支那共产党，1950 年担任《文艺》杂志社编辑，并当选为中央文艺小组委员。1951 年 11 月，在奔赴敌后开展工作途中，南高遭遇敌人伏击，壮烈牺牲。

南高的创作生涯始于 1936 年，1941 年中篇小说《志飘》（又名《破旧的砖窑》《天生一对》）和次年长篇小说《残生》（又名《在死亡线上的挣扎》）的问世，一举奠定了他在越南批判现实主义创作领域的突出地位，成为与阮公欢（1903—1977）、吴必素（1894—1954）、武重奉（1912—1939）、元鸿（1918—1982）等批判现实主义作家比肩的一颗璀璨之星。他于 1948 年发表的《一双眼睛》《林中日记》等作品，则是越南抗法战争时期不可多得的革命文学名篇。鉴于南高在文学创作中做出的杰出贡献，1996 年，他被追授越南国家最高文学奖——胡志明奖。

在短短的 15 年创作生涯中，南高共为读者留下了 2 部长篇小说和 60 余篇中、短篇小说。南高的批判现实主义作品真实描写了生活在殖民地半封建社会的广大越南农民所遭受的压迫，所经历的苦难以及身处社会底层的越南小资产阶级知识分子饱受物质和精神的双重挤压，犹如“在死亡线上挣扎”，对当时的社会现实进行了有力的批判。其代表作《志飘》的主人公，一出生就被遗弃在旧砖窑边，得到一位村民抱养，吃百家饭长大，竟被土豪劣绅构陷入狱。出狱后，他从一个勤劳、朴实、善良的农民变成了好逸恶劳、为非作歹、欺压乡里的泼皮。某天傍晚，醉醺醺的志飘与村里傻呆的丑女氏娜相遇并相爱了，不期而遇的“爱情”转瞬即逝，他“有个小小的家，丈夫租地耕种，妻子在家织布”的憧憬连同“老子想做个善良的人”的渴望都一块儿破灭了，最终，志飘操起刀子，与将他逼上绝路的村霸同归于尽。《志飘》是对越南黑暗制度迫使农民贫穷化、流氓化的鲜明诉状。南高擅长通过人物对话与内心独白的形式，将自己的看法代入作品所描写的故事当中，如在《一双眼睛》中，面对自私、自负，看不起参加革命的工农群众，对他们满腹牢骚的作家阿煌，阿度认为，“他只看到那青年把‘三个阶段’背得滚瓜烂熟，但没看到那捆青年正兴高采烈要送去前方做防御工事的竹子。就拿青年把报道背得如学舌的鹦鹉这件事来说，他也只关注这个事情的表象而已，却没有透过表象看到高尚的内涵。带着这么一种眼光来看现实，那走越多看越多只会愈生凉薄和嫌恶”。同样是作家但已走上革命道路的阿度直言：“我惊讶地发现，原来我们的农民还是可以闹革命的，而且干起革命来还冲劲十足。我曾经跟着他们去攻打州府，目睹他们奋战在中南部战场。无数弟兄牙齿黝黑，眼睛红肿，把‘榴弹’叫成‘牛蛋’，唱起行军歌来像犯困的人在求经，可冲锋陷阵时却又无比英勇！”读者不难看到其中所蕴含的正能量。此外，《林中日记》中“昨晚有消息说，中国的解放军仍在行进……正在快步行进的战友们啊！我们期待着把手言欢那一天”等话语，也让我们感受到作者对中国、对中国人民解放军的友好情感。南高的作品具有很强的故事性，人物形象栩栩如生，语言平实、流畅且富有哲理，尽管他生活和创作的年代距今已半个多世纪，但他的优秀作品对我们了解那一时期的越南文学乃至反映于其中的越南社会现实、民族文化和族群心态等，仍然颇有裨益。

中越两国山水相连、国情相近、文化相通。两国关系历史悠久，包括文学在内的文化交流源远流长。近代以来，两国人民在争取国家独立、民族解放的斗争中同患难，共命运，并肩战斗，相互支持，结下了深厚友谊。进入新时期，在“长期稳定、面向未来、睦邻友好、全面合作”方针的指引下，中越两国在推进改革开放和革新开放以及社会主义建设事业中，密切交流、广泛合作，共同探索符合本国国情的社会主义发展道路，推动两国关系不断向前发展。在中越关系发展的历史长河中，语言、文学、文化一直扮演着友好使者的角色。当下，在百年未见的大变局和构建人类命运共同体的宏大背景下，大力促进中国文学在越南亦如越南文学在中国的译介，既有助于两国文学的深入交流、互学互鉴，也有益于中越文学爱好者对各自国家文学作品的相互了解，“各美其美，美人之美，美美与共”，为促进两国民心相通，助推中越命运共同体建设发挥润物细无声的作用。

我们期盼《南高小说选》能走近中国读者，发挥好这样的作用。是为序。

林明华

广州，白云山脚

2021 年 5 月

目录

附录

志　飘

他边走边骂。向来都是喝完酒就开始骂。一开始骂老天——那倒无所谓，老天又不是谁家私有的。接着开始骂世人——那也没关系，世人既包括所有人但又不指任何人。骂到气头上他就连整个武代村一起骂。不过村里人都宽慰自己，那家伙骂的肯定不是我。所以根本没人吱声。真气人！啊，真是气极了！气得要七窍生烟了！事已至此，他就去骂那些不跟他对骂的龟孙子。但依然没人出声。他妈的！如此这酒不是都浪费了？如此岂不是独苦了他？也不知道是哪个没娘养的生了他，让他如此这般遭罪！啊哈，没错了，就这么骂，骂哪个没娘养的生了他，生了他志飘！他牙咬得咯咯响，骂到底哪个天杀的生了志飘？但鬼知道谁生的志飘呢？只有天知道！他自己不知道，整个武代村也没人知道。

那日天刚蒙亮，一个去放筒捕鳝鱼的村民，看到废弃的砖窑旁放着个脸色惨白的婴儿，光着身子被包裹在一块满是补丁的破布里。那村民就把他抱回去送给一个瞎寡妇，那瞎寡妇转手又把他卖给一个没有子嗣的老舂匠。老舂匠死后他就孤苦伶仃了，这家来那家去地给人扛活。二十岁那年他到里长[①]阿建家当长工——阿建现在是村里享有主持农村祭礼和乡饮最高职位的百户。据说里长家那位还非常年轻却总一副弱柳扶风样的三姨太，有好几次都逼着志飘给她捏脚、捶背、揉肚子什么的。村里人都说，里长大人在外就作威作福，村中无人不惧，回家却偏拿他这个年轻的三姨太没办法。这三姨太生得珠圆玉润，脸蛋红扑扑的，而里长又常常腰疼——有这毛病的人往往怕老婆，且常会因为打翻醋坛子而心生愤懑。有人说，里长对这个身强体壮的长工是横竖不顺眼，却因为怕三姨太而敢怒不敢言。又有人说，因为受家里执掌财政大权的三姨太器重，这长工明里暗里捞了不少肥水。反正就是一千个人有一千种说法，都不知打哪听来的。但只一样可以确定，就是志飘这家伙突然被抓起来扭送官府，听说是下了大狱，也不知道得关几年，总之消失了七八年后，一天他突然又大摇大摆地不知打哪儿冒了出来。这次回来他可是整个人都变了个样儿，一开始没人知道他是谁——他看起来就像个大兵[②]！脑袋剃得光溜溜，牙齿被刮得白晃晃，黝黑的面庞一副洋洋自得的模样，双眼目露凶光真是吓人！他穿着黑粗丝布裤，上身披着件土黄西装，敞着胸膛，满身满手都是龙、凤、手持尖锥的阎罗文身。看着

---

① 译者注：里长，相当于村长。

② 译者注：越南语原稿此处的“sắng cá”应为 săng đá 或者 xăng đá，法语 soldat 音，意为士兵。

都让人怕得要死！

他回来的第二天就开始从早到晚坐在街上吃肉喝酒。喝得酩酊大醉就操起一个空酒瓶冲到百户阿建老爷家门口，指名道姓地骂开了。阿建老爷不在家，看着他那凶神恶煞的模样，大太太推二姨太，二姨太催三姨太，三姨太叫四姨太，但终究没哪个太太敢出去跟他论个明白——摊上这么个一脸不要命的模样、发着酒疯手里还抡着个酒瓶的家伙，何况眼下家里还全是女人！罢，还是把门关紧，由着那狗娘养的骂吧，骂就左耳进右耳出，听着就是了。所以其实也就剩三条恶犬和一个醉汉在对峙。实在是太吵了！周围村民看来耳膜都要被掀翻了，但说不定他们打心底觉得解气：以往从来都只听百户阿建家的太太们骂别人，今天才算是听到别人把百户阿建全家都骂个狗血淋头了。就这样骂才够过瘾，才够尖刻不是！村民窃窃私语，说这下看这对父子还有什么颜面出门，祖坟都被人骂得底朝天了！心地善良些的就觉得，“算这家伙好彩，里长想必是不在家……”这里长指的是里长阿强，百户阿建那以作威作福、视民如草芥而闻名的儿子。若碰上里长阿强在家试试！果不其然，一个洪亮的嗓音咆哮起来：“啰里啰唆些什么？一个没爹没娘的狗东西！狗嘴里吐些什么！”说曹操曹操到，咆哮声正来自里长阿强，他回来了！里长阿强回来了！有好戏了！……啊哈，响亮的一记耳光。哟，不得了，挥拳声、厮打声乱成一团，想必是皮开肉绽。猛听到“砰”的一声，这下好了，他把酒瓶重重砸到门柱上了。啊，他惨叫起来了！他声嘶力竭地吼骂着，大声呼唤乡邻，像是被人掐住了脖子。啊，他叫起来了！

“乡亲们啊！救命啊……快来人啊！那该死的阿建父子要

打死我了！狗娘养的阿强要打死我了！快来人啊……”

他们看着志飘在地上打滚，边哀号边拿瓶子的碎片往自己脸上招呼，鲜血直流看得瘆人。几条恶犬狂吠着围扑过来。里长阿强脸色铁青，站着冷眼旁观地蔑笑。嘁，还以为多了不得，不过就是打滚耍泼！原来他是来找茬的！

村民们潮水般涌过来看热闹。周边那几条黑乎乎的巷子里都不知道挤了多少人！里三圈外三圈跟赶集似的。百户阿建家的四位太太见阿强回来都定了心，也沉着脸站出来帮声。其实她们就是想看看志飘能搞出什么花样？搞不好他这次是铁了心要寻衅阿建父子的。

但就在此时，老爷回来了。他威严地吼了一声："何事如此热闹？”一时间这里一句“老爷”那里一句“老爷”，都毕恭毕敬地站向两边给他让道。而志飘则突然倒地一动不动，轻声呻吟如濒死之人。

一眼扫过去老爷就明白个中缘由了。先是做里长然后升任区长[①]，现在儿子又当了里长，这种事早见怪不怪了。他先训斥了那几个板着脸欲向丈夫邀功的太太们：“你们几个回屋去，妇道人家就会胡说八道，懂什么！”

接着又转向黑压压的人群，声音柔和了几分：“还有各位父老乡亲，都回了吧！区区小事，没什么好看的！”

没人出半句声，人群渐渐就散了。既是碍于老爷情面，更是出于自保：乡里人本就怕事，谁会傻到赖着不走，万一被拉去做证人怎么办？于是很快就只剩志飘和阿建父子了。

这时老爷才走近志飘，轻轻摇了摇他：“阿志啊！你这又

① 译者注：区长，越南法属时期一种官职。

是何苦呢？”

志飘眯缝着眼，哼哼唧唧道：“我只是来跟你们父子拼个你死我活而已。但如果我死了，可就有人要完蛋了，指不定得把牢底坐穿呢！”

老爷冷笑，但笑声酥脆：人都说，这老爷的过人之处就在于这笑了。“瞧你这话说的！谁对你做了什么，会要你死？这人活在世又不是蛤蟆，哪这么容易死！又喝醉了吧？”

接着换了种腔调，和颜悦色道：“几时回来的？也不来家里坐坐，走，进屋喝茶去。”

看志飘仍一动不动，忙不迭道：“来，站起来，咱先进去喝杯茶。有什么事咱好好说，何苦闹出这么大动静呢？外人若知晓，咱都得背个坏名声。”

老爷一边拉志飘起来，一边埋怨道：“真苦了你了！倘若我在家又何至于此呢？咱有话就说，啥事不能解决。都是成年人了，彼此三言两语说清楚就行。都怪这阿强性子太冲，做事也不考虑周全。不是旁人，就你和他，还是有点血缘关系的。”

志飘哪知道这血缘是怎么来的，但心里头好歹舒服了点。但他还是故意阴沉着脸，坐了起来。老爷知道自己又赢了，冲儿子使了个眼色，斥道：“阿强呢！看你这该死的家伙干的好事！还不赶紧叫人烧水泡茶！”

老爷拽着志飘站起来，又催促了几声，志飘就跟着走了。他故意走得一瘸一拐像是被打残了一样。也许是因为酒也醒得七七八八了，就没法再乘兴破口大骂了；没有破口大骂的气势推波助澜，自己也觉得没劲头了。甜言蜜语灌得他有些轻飘飘的，何况围观人群都散去了，没有观众他觉得未免孤掌难鸣。内心固有的、来自久远过往的恐惧有所苏醒。他觉得自己实在是勇气可嘉。没点胆子敢挑衅四世为正总[①]和里长的阿建父子？想到这，他觉得自己也够威的。他志飘在这武代村是怎样一个角色？无党无朋、无亲无戚、无兄无弟，甚至无父无母……就这样都还敢只身向武代村的阿建叫板，这位武代村有着至高权威的里长，区长，百户，豪绅会的会长，北圻[②]人民代表，一个在全县都说一不二的人物！试问在这人丁逾两千的武代村谁能做到？谁要做了，哪怕是死也甘愿了！但他并没有死，这平日里威风凛凛的老爷服软了，请他进屋喝茶！罢，怎的也解气些了，既然都服软了那就进去吧。但他忽然又有些迟疑：怎知这奸猾的老狐狸不是骗我进去再使手段？啊，确实极有可能！那家伙现在只需掏些家里的锅碗瓢盆或者金银细软往他志飘的脖子一挂，然后让自己那些姨太太跑出来嚷嚷得尽人皆知，再把他绑起来结结实实打一顿，诬陷他偷盗可怎么办？这个阿建一辈子心狠手辣老奸巨猾，到底葫芦里卖什么药，能这么乖乖服软呢？罢，何必笨得把自己送入虎口，他就在这里站着，就在这里打滚，再大声嚷嚷几下看看。但他又想：只嚷嚷几声也不算什么高招！老东西一句话，大家就乖乖各回各家，自己再怎么打滚哭号，料也没人再出来！何况现在酒也醒了，若再往自己这脸划拉几下那也真够疼。算了，进就进吧！还退什么退！想撞墙那在他屋里撞也好过在外边撞。老东西若真出尔反尔，最坏无非就是自己再坐次牢，坐牢对自己来说那是家常便饭。罢，那就进去吧。

① 译者注：正总相当于乡长。

② 译者注：旧时越南称南、中、北部分别为南圻、中圻、北圻。

进了他才知道，刚才的顾虑都是多余的。阿建是真心与他言和。不是阿建㞞，事实上他一辈子都精明着呢，一是怕英雄豪杰，二是怕不要命的。志飘自然不是英雄，但他是个不要命的。谁还稀罕跟个不要命的计较呢！什么叫欺软怕硬？为官之道就是，如果凡事都要骑到别人脖子上逞能，那还不如早些散尽家财。老爷是这么教导里长阿强的。就阿强这匹夫之勇还能当上里长靠的还不是自己老子，哪天老子两腿一伸了，那些个家伙不骑到他脑袋上才怪呢！

话虽如此，做乡长、里长也不是件容易的事。在这个人口两千多且山高皇帝远的武代村，要说捞钱吧也容易捞，但并不是当了里长就能坐着数钱的。当年一个地理先生路过此处曾说，这块地形呈“群鱼争食”之势，这么说来这帮人就是群抢食的鱼而已。鱼饵自是让人垂涎，但派系也是林立，哪股势力都想分杯羹。表面彼此一团和气，内里却都巴不得对方一败涂地，好让自己捞得好处。现在志飘这家伙跑上门来找茬，谁敢说背后就没人在唆使？如果老爷不吞下这口气，事情闹大了指不定得花上一大笔钱，当官的艺术就是穿鞋的好捏光脚的难搞。把志飘扔回牢里容易，但总有一天他还会再出来，到时他还能让自己安生？老爷有块心病，就是那个叫年寿的家伙，到现在他都还耿耿于怀。

年寿本就是个愣头愣脑的人物。那时阿建刚出任里长，那家伙似乎敢明着跟他叫板；阿建一直想治治他，但没找着机会。没过多久，年寿因为卷入一宗劫案而被逮捕，阿建就暗中运作把这家伙给投进了大牢。里长阿建本以为，像年寿这样有头有脸的人物现在失势至此乃至入狱，哪还有脸面回到武代村！所以正为拔掉了眼中钉而窃喜。不想一个晚上当他独自坐着整理案牍时，年寿提把刀闯了进来。他站那堵着门道：敢声张一句就立马砍了阿建。原来他越狱了，来找里长要张良民证以及一百元[1]好逃匿。他还说，阿建乖乖听话他就从此消失，不听话他现在就杀了阿建，然后要杀要剐随意；阿建若想陪妻儿终老就得照他说的办。

阿建自是照办。自那之后，年寿果然人间蒸发一般，倒真没再出现过。但这世上的地痞流氓走掉一个又冒出一个，何时才消停！年寿前脚走，后脚一个大兵阿职又不知打哪儿冒了出来。这家伙以前在家时，哪有胆子说半个“不”字！大家都叫他阿土[2]！谁让做什么就唯唯诺诺地做，被呵斥一句就吓得尿了裤子。本来摊一元钱的税就交两元多，以至于标致的老婆被别人调戏也不敢吭声，默默忍着，回家再打老婆。所以说，这处世之道，善良过头就是蠢了，在这武代村，一味犯傻、退让只会被压榨到永无出头之日。可怜他一年再怎么努力干活到头来都是一贫如洗，因为一口吃的都保不住。无论谁都能占到他便宜，谁来占他便宜他都忍着。最后实在忍无可忍，他一气之下去当了兵。那就更遭罪了。不生气好歹还有个老婆，虽然时不时被外面人欺负，但终究还是自己老婆；现在一气之下，连老婆都没了。他老婆还年轻，才两个孩子，秋波似水双颊绯红，现在男人又突然离开了，谁会放过这就挂在嘴边的肥肉？

她家就在路边。副里长半夜赌博回来会踏进去，巡防队队长巡夜时会踏进去，邻居家男人会摸进去，甚至那油头土脸、一向给里长们充当狗腿子的乡丁都伺机蹭过去猥亵一把。阿职

① 译者注：越南当时使用的货币为法属印度支那元，单位为元，其辅币单位为分，1 元等于 100 分。

② 译者注：越南人惯以“善良得像块土”来形容温顺之人。

的老婆俨然成了村中那伙大大小小的里役[1]轮流使用的免费妓女。就连里长阿建，尽管那时已经有了三房姨太太，也没舍得放过这口天上掉下来的肥肉。而且他吃肉反而还有好处可捞。每次阿职的老婆要去领丈夫的钱粮或者汇票，都得找里长开证明。自然没有哪个里长会平白无故帮人开证明。但到了阿建这里，不仅要酒肉钱财，还得同车去省城宿一夜。

就这样几元钱就没了，而她的两个孩子明天就只剩几个糖块吃，或者滋润点就有几口肉糍粑吃。如此看来，阿职的功劳也就剩让自己老婆在家每个月有那么一次能跟这位里长在一起风流快活了。

也不知是听说了家里的情况所以避而不归还是怎样，阿职服役期满三年了都没见回来。不久后，一份通缉令下来要捉拿押解一个叫陈文职的人，里长阿建就把这名字归入了常年不归的流民那一类。但今天刚列进去，次日他就回来了。阿建让爪牙拿着通缉令去家里传唤他，他倒是立刻就来了，只是还带着老婆和俩孩子。没等阿建开口他就掏出一把明晃晃的杀猪刀来，攥在手里道："也不瞒您，我犯了杀人的事儿。如您不通融，执意要抓我走，那我老婆孩子就会被饿死。既然横竖是死，那我就先让他们死在这儿，然后您再把我投进大牢吧！"他双眼通红，手里那刀寒光闪闪，光看着就瘆人。杀人他自然是敢的，而且不只是老婆孩子。如果他真狠心连老婆孩子都杀，那旁人的脑袋又算什么呢？阿建想了想，让他们先回去了，说自会处理。里长自会处理的意思就是他把阿职这案子按下不外传，每次通缉令下来，他就开份证明说"仍未见名唤

① 译者注：里役，乡里役人。

阿职之人回村”。就这样，阿职光明正大地在自己村里过起日子。现在大家都看到他老婆既专一又忠诚，勤勤勉勉地干活养他。那些大大小小的官自然也会盘算：人家老公都回来了，如果这时还要花活岂不是自讨倒霉。除了阿职自己外，其他人都规矩了不少，因为现在的阿职已经是个大刺头儿了。他靠耕种园子为生，但从不愿向任何人纳税。催了他就骂，封他园子他就砍。敢找他茬的话，那里长自己都有罪——因为故意窝藏就属于共犯。就这样他还不甚满意。

有天也不知道他脑子里想些什么，又拎着刀指着阿建的鼻子道：“我当兵的时候往家里寄了上百元钱。也不知道是被家里那娘们挥霍了还是养汉子了，反正现在一个子儿都不剩。我问她就说，孤儿寡母的也不敢把钱存家里，全都放里长那儿存着了。我怕这娘们胡诌，就把她结实地捆家里了。现在特来禀告您，看还剩多少，我拿回去养活孩子。少一个子儿我都不会放过那帮家伙！”

阿建心下自然明白：“那帮家伙”可能也包括自己。他冷笑道：“兵哥啊，你看是这样的，你老婆自是没在我这儿存钱的……”

阿职一听立刻怒目圆瞋喝道：“那被哪个狗娘养的吞了？”

阿建赶忙接话道：“但您手头紧跟我说一声就是了。既然之前那笔钱都被你老婆花光了，那就算杀了她也是拿不回来的了，何苦这么折腾给自己找罪受呢？”

阿建打开匣子扔给他五元钱。他拿了，恭敬地说了声“告辞”，提刀走了。自那时起，他就对阿建毕恭毕敬起来，甘愿当起阿建的爪牙，但阿建不时还是要给他点“辛苦费”的，直到去年他死了……

今年可好，又冒出个志飘，这个土地般善良的男人——可怜的家伙，阿建有次看他边给三姨太捏腿还边发抖！突然就换了副模样，看来是物极必反。这个武代村至高无上的老爷断定：把老百姓压迫到忍无可忍而离开武代村的做法是很愚蠢的，十个有九个都在外边学得凶神恶煞、桀骜不驯。

聪明人点到即止。偷偷把一个人推进河里，再拉他起来，他就会对你感恩戴德。大动干戈地要了五元钱过来，得手后再扔五毛钱回去，因为“看你这般窘迫于心不忍”。当然这也得看人：那些家境殷实、老婆标致、儿女成群的，就是些怕事所以好捏的；反过来，那些孑然一身的，杀他们容易，但只会惹得自己一身骚，何况跟他们斗就是给了那些对头可乘之机来算计自己。现在哪个村子不是山头林立，每个山头都围绕一个核心人物拉帮结派：百户阿建老爷为首的是一派，有治安队长阿岛一派的，有思澹一派的，八松一派……虽然眼下各股势力勾结起来鱼肉百姓，但其实貌合神离，总想寻得破绽整整对方。阿建还认识到：在这武代村，温顺的村民咬紧牙关供养这些乡绅土豪，但就是这些乡绅土豪，有时又不得不分口吃的给那些个比谁都豁得出命去，随时会拿刀砍人或者砍自己的亡命之徒。

但阿建老爷并不喜长吁短叹。自怨自艾起不到任何作用——那些终日被压迫之人，之所以如此不正是因为他们一旦被压迫，除了自怨自艾就不知道干点别的什么吗？阿建老爷不需要哀叹：治不住，那为我所用就是了。他思忖着，也确实需要这么些亡命之徒，要不拿什么去治另一些亡命之徒呢？相比其他势力，阿建老爷的势力之所以能更胜一筹，很大一部分原因就是他懂得软硬兼施，会收编一些不怕死、不怕坐穿牢底的亡命之徒。这些才是能成事的人，有需要的时候，只消给他们几个酒钱，就能使唤他们去祸害所有不顺自己意的人。遇到执拗、强硬些的，就放火烧屋或者捅几刀子；遇到不那么老练的，就扔个酒瓶或者上门寻衅然后撒泼骂街。麾下有这么帮能来事的爪牙才能趁机牟利，否则就守着这帮安分守己的良民，再怎么绞尽脑汁，能榨取的也就只有税收了。可征税这事一年也就那么一次，真指望这个那可真是把爹都卖了也不够帮补为了跑官花费的三四千元。

就这样，从阿建老爷家回来的那天晚上，志飘甚是心满意足。老爷不仅没有刁难他，还杀鸡买酒款待他，末了还给他些钱买药。何至于要钱呢？志飘踉踉跄跄地边走边笑。他才不需要这三分钱呢。坐牢的时候他耳濡目染地掌握了种跌打膏药：几把烟叶，他就能站哪躺哪，钱留着又可以拿来买酒。

才喝了三天酒，第四天他就怒目圆睁地瞪着开酒馆的老妪说："今天老子没钱了，你们给老子赊一瓶，晚上再过来给钱。"

酒肆的老妪有些迟疑。于是他掏出盒火柴，划拉下点着一根就往棚顶上扔。老妪惊慌失措，手忙脚乱地把刚燃起的火苗扑灭，哭丧着脸拿了瓶酒出来。他气势汹汹地指着那老妪的鼻子说："你这不识好歹的东西是敬酒不吃吃罚酒！老子是问你买酒不是讨酒！你以为老子会白拿你的？去村里问问老子几时白拿过哪个孙子的？老子不缺钱！老子把钱放百户老爷那儿了，下午爷去问他拿回来就给你钱！"

老妪撩起衣角抹了把泪道："小的岂敢疑心，只是真的是小本生意啊！”

他咆哮着：“小本生意爷我今晚不就给钱了！你是现在就要赶着投胎怎的？”

说完他拎起酒瓶就走了，回他河边那小草棚去了。他向来就居无定所。回来的路上也不知道顺了谁家四条青蕉回来，从一个开杂货铺的姑娘那里抓了一小包盐。现在他用青蕉蘸着盐巴下酒也觉得香，用什么下酒他都吃得香。

喝完他抹了把嘴，踉踉跄跄就往老爷家去了。见谁他都说：去阿建老爷家讨债去！一见志飘踏进院子，阿建老爷就知道他又来搞事了。双眼飘忽无神，两腿摇摇晃晃，双唇紫红还簌簌嗫嚅。还好，这厮今天没拎酒瓶。百户阿建扬声问道：“志飘兄这是要上哪儿？”

他大声应道：“给老爷请安。启禀老爷，小的准备来老爷门下求件事！”他腔调拉得极长，嗓音近乎扭曲，但表现出一脸无辜，一边抓耳挠腮一边絮絮叨叨：

“禀老爷，自打老爷把小的投进大牢，小的就喜欢上了住牢里，有半句假话天诛地灭！在牢里实在幸福，起码有饭吃。现在回到村里，连块立锥之地都没有更谈不上糊口了。启禀老爷，小的来求老爷把小的送回牢里……”

百户阿建张嘴呵斥——任何时候他都以斥责开口好试探对方软硬：“这家伙又烂醉了！”

志飘朝百户阿建冲了过来，翻着白眼，手抬到半空：“启禀老爷，没醉，真没醉。小的请老爷将小的送进牢里，否则就……就……老爷啊……”

他把全身口袋都掏了一遍似乎在找什么东西，然后掏出把刀，很小，但很锋利。他咬牙切齿地继续道：

“好的，老爷，您若不答应，那小的只能杀那么三五个人，以便您将我扭送官府。”

说着他弯下腰，不慌不忙地削起了格木桌的边。阿建嗤笑了几声——他这辈子最佩服的就是自己这种跟曹操一样的笑声了，然后站起来拍拍志飘的肩膀：

“你就会无理取闹。不过这样，阿志啊，你想要砍人也不是什么难事，治安队长阿岛那家伙还欠我五十元，想劳您替我走一趟去要回来，若要得回，那你想要的自然就有了。”

这队长阿岛在村里是个有脸面的人物。此人势力庞大，常跟阿建老爷家的势力对着干，阿建老爷却只得忍气吞声，因为此人是个老兵，退休粮饷不少，关系很广而且能说会道。很久前他借了阿建老爷五十元钱，现在突然翻脸不认账，借口说这笔钱算在帮里长阿强跑官行贿却还没答谢他的账上。阿建气得如鲠在喉，却又无计可施，因为他那个有可能制衡阿岛的爪牙大兵阿职去年死了。现在阿建老爷才又盯上了志飘，觉得他兴许能替代那个阿职。阿建就激他去试试看。若志飘制得住那家伙自然是极好的；如果志飘被反制那也不损自己分毫，无论结果怎样他都可以坐收渔翁之利。

志飘当下就应承了，立马冲到阿岛家然后从巷口就骂开了。若换作其他时候，可能已经闹出人命了：阿岛这家伙打架斗殴从没半点手软的，砍砍杀杀自然不在话下。但算他运气好，或者说，算志飘运气好，那天他正好卧病在床，身都起不了，也许他根本就不知道志飘在骂他——他的老婆，看志飘浑身酒气，也很清楚这笔钱的来龙去脉，背着丈夫拿了五十元钱让家丁拿出去打发志飘。女人本来就乐得求个安稳，但求息事宁人，何苦不撞南墙不回头地自寻烦恼呢？何况，他夫人觉得自家老爷正抱恙……这钱摆明了是自家老爷欠别人的……五十元对家里来说也不算个什么事，啰唆半天搞不好还得多花几个五十元!

就这样，志飘才得以趾高气扬地打道回府。他觉得自己又添了几分威风，洋洋得意道："村里根本没哪个豪杰厉害得过老子！"阿建看自己不需通过乡绅会调解就赢了对手而喜出望外，当下就给了他这个新爪牙五元钱："阿志啊，这五十元全是你的了。但如果你都拿回去那三天也就花光了。这五元你拿着喝酒，剩下的就当我卖一块地给你。没田没地怎么养活自己？"

志飘满嘴应承地回去了。几天后，百户阿建让里长阿强划给志飘一块河滩边的五分地[①]，是几天前一村民用来抵税的。志飘忽然就有家了。那时他刚二十七还是二十八左右的年岁。

现在他就是个没年没岁的人。三十八还是三十九？四十还是已经过了四十了？他这张脸看起来既不苍老也不年轻，这已经不是一张人脸了，而是张奇怪物体的脸。光看物体的表面又怎能知道它们的年龄？这张脸看起来又干又黄，像蒙了一层死灰色，脸上沟壑纵横，交错着数不清到底多少条疤——这些一次又一次寻衅骂街时酒瓶碎片留下的痕迹，到底多少次，他哪记得过来？人家把多少欺凌、打砸、厮杀、迫害的事情交给他去做？这些事构成他全部的人生——自己也不知道活了多久的人生。因为他连一张标注年龄的身份证明都没有，村簿中他依然属于多年未归的流民。他依稀记得自己二十岁那年，就被投

① 译者注：分，计量单位，越南亩的十分之一。

入大牢，接着似乎就到二十五了，也不知记没记岔。因为那时起他的人生就没有时间概念了——那时起他就没从酒醉中醒来过。他的醉一场紧接着一场，接连起来就是一场无尽冗长、无边绵延的大醉。他醉着吃饭，醉着睡觉，又醉着起床，醉着撞墙划脸，骂骂咧咧，威胁恫吓。醉着喝酒好接着又醉，无休无止地醉下去。他从没清醒的时候，也许是根本不愿清醒，让他想起这个世界上还有这么一个自己。也许他不知道自己已成为武代村欺凌众生的恶霸。他哪知道自己毁了别人多少家园，打破了多少宁静祥和，粉碎了多少幸福，让多少善良无辜的人流血流泪呢？他醉了，又怎知道自己所做的一切呢！他醉了，所以人家指使他做什么他就去做什么。全村人都怕极了他，每次他走过都避之不及。

所以说，他骂骂咧咧也不一定非得骂出个所以然来，反正喝完酒他就骂。他的骂就像有些人醉了就唱歌一样。假如他会唱歌也许就犯不着这么骂了。可他偏不会唱，这可苦了他，也苦了旁人了。反正他就开腔骂，像今天下午这样骂。

他骂老天骂世人，骂整个武代村。他骂所有那些不跟他对骂的龟孙子。但管他呢，谁会白费力气，为他骂哪个狗娘养的生下他却又抛弃他而生气呢。正因如此他觉得憋屈极了——哪有人能跟自己对骂的呢，跟自己对骂哪有什么劲！但要发泄总得先有个理由吧，一个正当的可以让他痛痛快快去复仇的理由。没错，他要报仇，不管找谁报都行。他得揪个谁才行，不管是谁。他看到哪条巷子就走进去放火打砸或者满地打滚叫骂。没错了，看到哪条巷子就进哪条……对，就那条了，赶紧地……

但月亮渐渐升起来了，一轮如银盘的望月。月光在路面铺了层清辉银光。咦，那是什么，在涔涔月色中黑不溜秋，还扭扭斜斜的？这东西轻飘飘地跟在他左边，时而缩短时而又拉长，被分割成好几块，只围着自己脚底打转。志飘站住脚，盯着它，突然就咧嘴乐了。他笑得前仰后合，笑得直不起腰来。笑声还不如他骂的动听呢！这路上轻飘飘的东西是他自己的影子。所以他笑，笑得忘了报仇这茬：他已经走过第一条巷子了。现在已经到了庙祝阿浪家，一个胡须稀疏的巫师。志飘突然冒出一个念头：闯进去砸了这年过半百的老家伙的供桌。这老庙祝这厢做巫师，那厢还干阉猪的勾当。那家伙的琴声刺耳，比猪叫都难听。但一进去就看到老庙祝正在院子里喝酒，边喝还边捋胡子，摇头晃脑。志飘站那儿看着，觉得这老庙祝也挺顺眼的。所有喝酒的人他都觉得挺顺眼的。忽然他就觉得渴得厉害。天哪，怎么会这么渴！渴得像是喉咙冒火。他毫不犹豫地蹿到那老庙祝身边，一把拎起酒瓶朝天仰起脖子对着嘴就狂饮起来。庙祝伸着像是被拔了毛的鸡一样的脖子，瞠目结舌地盯着志飘，一声不吭——舌头像被打了结，哪还说得出半句话来。一瓶酒，庙祝自己喝了三分之二，还有三分之一被志飘全灌了。他一口气干完，心满意足地呷了口，咂咂嘴似乎还不够过瘾。接着志飘捻起老庙祝几缕稀疏的胡须举到月下照了照，然后大笑。庙祝也笑。两个醉醺醺的家伙挨着彼此大笑，像对发狂的知己。然后庙祝回屋又拎了仅剩的两瓶酒出来，请志飘接着喝。喝到酩酊大醉就什么都抛到脑后了，就是铆着劲喝，不用有丝毫顾忌。庙祝老婆去世有七八年了，女儿未婚先孕离他而去。现在他孑然一身，不会有老婆孩子在耳边唠叨，他想喝到什么时候就喝到什么时候。尽管喝！尽管喝，喝到在月宫迷路的人儿都下来！喝得可真凶啊，喝得直接尿出酒来才好呢！有什么好省着的呢，就算有钱有势成了老爷太太，死后也没人称一声“大墓老爷”吧。庙祝活过半百了，也没见过哪个大墓老爷能免于一死。不也就剩下墓碑一块，黄土一抔？谁的归宿都不过是块墓，醉死也一样，那还瞎操心什么，继续醉！

志飘从没这么痛快过。他自己都诧异怎么直到今天才坐下来跟这老东西畅饮。他们把盏对饮喝了很多很多，多到仿佛整个武代村的人都得省着喝，酒才够给他俩喝。

等两瓶都见了底，老庙祝已经开始趴在地上爬了。他爬得像只螃蟹，边爬还边问志飘：你说这人到底是怎么站起来的？志飘跌撞过去把庙祝仰面翻过来，又扯下几根稀疏的胡须，然后就扔下老庙祝自顾自地踉踉跄跄回家了。他边走边袒胸露肚地挠起痒来。他从胸口挠到脖子，从耳脖子挠到脑袋。他时不时还得在路中间停下来挠，把脚撂起来挠，挠得他心烦气躁，浑身瘙痒至极。突然他想起自家附近的小河来。他那块地就在一条小河边，河水幽静而清澈，岸边种满桑树，柔软弯曲的枝条被清风拂过，交颈缠绕仿似清波。唯独他家院子种满芭蕉树，一个小棚子藏在园子一角。每到如今晚般的月夜，院子里一丛丛暗黑芭蕉树影海浪般起伏不平，如同河岸边散落一地的染色衣裳。宽阔的芭蕉叶摊开着，微微挺起盛接住那微凉的月色如同抔起清泉，不时在夜风的抚摩下仿佛动情般簌簌作响。

志飘一边好奇地打量着这丛蕉叶一边往园子走。但他没进他那小棚子，而是径直快步走向了河边。他想跳进河里洗个澡止止痒，然后就在院子里倒头睡下，何苦还要钻回那闷到仿佛呼吸都困难的棚子。像他这样的人，脑袋撞墙都死不了，何况冷风……到了岸边他却停住了：好像有人！确实是有人，他伸着脖子张望。

他看到在两个水桶中间，一个女人正大模大样地背坐在一棵芭蕉下。他通过披散在半裸的肩膀及胸部的长发断定，这确实是个女人。裸露的手臂下垂，嘴巴大张着仰向月亮睡着了，或者说，死了。双腿直挺挺地往前伸着，笼着松松垮垮的黑色裙子。另一边，可能因为这女的过于平坦，肚兜歪斜向一边露出肉乎乎的两肋。眼前这一切都笼罩在浓郁的月色下，让那些可能白天平平无奇的东西都熠熠发光起来，像是被柔化了。志飘突然觉得大量口水涌上嘴角，但喉咙却拔干。他咕嘟地咽着口水，觉得全身莫名躁动起来。突然就开始颤抖。哎，怎么回事，要抖也该是这可恶的女人抖才是，这个跑到他家边上躺地四仰八叉呼呼大睡的蠢女人！

但这女人是氏娜，一个如同古书里面描写的愚者般呆傻，还丑得神憎鬼厌的女人。她的脸就是造物者的讽刺：它短得让人觉得似乎脸宽比脸长还要长；糟糕的是两颊还深陷。如果两颊稍微丰润点，那氏娜的脸可能还能称得上酷似猪脸——一张本已很难想象会长在人脖子上的脸了。鼻子又短，又大，又红，还疙疙瘩瘩像厚皮酸橙的表皮，肥大得似乎想要尝试遮住那张也在努力翘起以免被鼻子盖住的厚唇。也许正因为努力过了头，两片唇翘得似乎要胀裂开来。就算是这样了，氏娜还喜欢吃掺烟槟榔，肥厚的双唇又厚了一圈。不过也多亏嚼槟榔染上点红色，遮住了乌黑的唇色。都如此这般了，牙齿还又大又龅，想必它们觉得自己这样可以平衡几分这张脸的丑吧。此外，氏娜这人还有点呆呆傻傻。这也算是大公无私的造物者特别的恩赐吧：如果氏娜头脑灵光，那她从买第一面镜子开始就应该痛苦无比了。而且她还穷，否则至少也有个男人要倒霉。氏娜祖上还有麻风病遗传史：如此一来，再没哪个男人会有半分犹豫了。人们对氏娜犹如恶心之物般避之恐不及。三十开外了氏娜还未嫁。在这武代村，人们一般八岁就定亲了，有些十五岁就抱娃了。没人会等到二十岁才生第一胎。这样看来基本可以断定，氏娜没得嫁了。而且她也没什么亲人，除了一个上了年纪的姑母，跟氏娜一样没有丈夫。命数如此：这样彼此都不会在这个世上落单了。这姑母受雇于一个用船运香蕉和蒌叶到海防去卖的女人，有时行船远至鸿基或者锦普[①]。氏娜靠在村里打些零工为生。两姑侄住在与志飘的院子仅一堤之隔的竹屋里：志飘在外边河滩那头，她们在村子里边这头。也许正因如此，氏娜并不害怕这个让全村都怕得避而远之的人物。住得近，日子久了自然熟悉起来，熟悉起来自然就没什么好害怕的了。那些在动物园干活的人不也常说，虎豹温顺起来像只猫。再说了，氏娜也没理由怕志飘，有谁会怕别人侵犯自己的穷、自己的丑和自己的蠢吗？氏娜反正也就只有这三样东西……再就是因为，志飘也很少着家，就算在家也显得人畜无害：有谁会连在睡梦中都那么凶残呢？他回家只为了睡一觉。

每天氏娜都会路过他那院子三两回，因为那里有条小路可以直通河边。以前，全村人都经过这条路去河边洗澡、洗刷或汲水。但志飘搬来后，人们也就逐渐不再走了，绕去另一条更远的路，除了氏娜——要不怎么说她有点蠢笨呢，她就是不喜欢跟别人一样。也不知道是太过轻易地相信志飘还是太过相信自己，是执拗还是纯粹不愿改变习惯。反正氏娜照旧这么走，倒也相安无事，于是就相熟起来。有一次在志飘熟睡时，她甚至还进去他家借火呢。还有次她问他借酒来捏腿，他睡意沉沉

① 译者注：鸿基、锦普均为地名，在越南北部广宁省。

地嘀咕着告诉她，就在那个角落，想倒多少倒多少，别烦他睡觉就行。很多时候氏娜都想不明白：为什么大家就这么憎恨这个人？

那天傍晚氏娜跟往常一样到河边汲水。但那晚的月色比往常更美，散落河面碎成一圈圈金色涟漪。金色的波纹微微荡漾开来，看着那叫一个美，只是久看容易眼乏。晚风拂来习习凉意，氏娜只想打哈欠，眼皮也逐渐沉重，不断试图合上。氏娜素来有个怎么都改不掉的毛病：不管在哪里，不管在干什么，时不时就会突然犯困。姑母常说氏娜就是个没心没肺的人。打了个大大的哈欠后氏娜心想：不如待会儿再汲水，把水桶放一边先坐下休息会儿。从中午到现在她一直在埋头干活。好不容易寻得这么个凉快的地方，清爽得每一个毛孔都舒畅，实在是惬意。凉爽得就像有人给扇风一样。氏娜解开衣扣，挨着一棵芭蕉树坐了下来。坐姿实在称不上端庄，但她也从不知道什么叫猥狎。本就是没心没肺的人，哪里会想那么周全。再说了，这里也没别人。志飘根本没回来，就算回来也已经是酩酊大醉地倒在半路睡了一觉，到家立刻倒头接着睡，他走出来干什么呢？而且，就算走出来又怎样？氏娜也不会担心志飘会侵犯她，理由很简单，从没有谁侵犯过她。事实上她也不会考虑这么多，脑子已经混沌一团了，不坐下实在难受。

坐了一会儿氏娜就觉得，这么坐下去自己很快就会睡过去。但此刻她已经有两成睡意了。她想，那就睡吧，睡了又怎样？回家也是睡，在这儿不也是睡？姑母跟船去了，怎么也得五天才能回来。于是她就这么坐着乘凉，然后睡去。睡得分外香甜沉酣。

志飘依然如痴如醉地看着，全身微微颤抖着。突然他蹑手蹑脚靠近了氏娜：自打他回村，这还是头一回蹑手蹑脚。他先把那两个水桶搬远，然后静静地摸到她身旁坐下。

氏娜吓了一跳，刚惊醒就已经被志飘紧紧摁住。氏娜奋力推开他，睁开双眼，这才完全清醒过来，认出是志飘。她一边叹气，一边跟志飘扭打还一边气喘吁吁："喂……放开我……我叫了……我大叫了……放开。我现在就要大声叫了！"志飘失声笑了起来。怎么氏娜也大叫？他本以为只有他才会这么叫，怎么还有人跟他抢着叫呢？突然他也扯开嗓子，大叫起来。他叫得像是被谁捅了一样，边叫还边把氏娜往下摁。氏娜瞠目结舌，呆呆地望着他，诧异极了：怎么他反倒叫起来了？而且他还叫上瘾似的不肯停下来。还好，反正周围没人会把志飘的叫声当回事，他再怎么叫也没人搭理：他们只会嘟嘟囔囔骂几句然后翻身继续睡。他的叫声就如同一个心灰意冷的人在悲怆高歌。回答他的，也只有村里开始狂吠的一群狗。

氏娜突然咧嘴乐了。她一边骂骂咧咧，一边抬手捶打志飘胸膛。这是充满爱意的捶打，因为捶罢这手顺势将志飘拉了下来……两人相视而笑……

此时他们并排躺着睡沉了。婴儿喝饱了奶就会美美睡去。人们交颈恩爱之后会沉沉睡去。他们睡得就像此生从未睡过觉那般……月色依然皎洁而清朗，轻轻落在河面如碎玉浮动。但拂晓时，志飘突然一手撑地半坐起来。他感到恶心，手脚乏力，像是几天没吃饭那样。肚子鼓鼓胀胀，隐隐作痛。似乎总觉得哪里不对劲，啊，是肚子疼没错了。真疼啊，越来越强烈的阵痛搜肠刮肚。唉，这天气怎么这么冷，稍有点风都让人畏缩。风一吹他就打冷战。他开始干呕，呕了三四下，不停地呕。倘若真能吐出来那还好受点。他把手指伸进喉咙开始抠。

他更剧烈地干呕了一次，似乎肠子都要翻出来。但也只是呕出些唾液罢了。他歇了会儿，接着又把手指伸进了喉咙。这下终于都吐出来了。天可怜见的，他哇哇声吐得翻江倒海，似乎肠子要被吐出来。以至于吵醒了氏娜。她窸窣地坐起来，茫然地望着眼前这一切。就她这迟钝的脑瓜怕是要反应很久才能想起发生过什么，搞清楚眼前的状况吧。

这时志飘也终于吐完了。他筋疲力尽，重重地躺倒在地，两眼呆直地轻声哼哼着。他也只够力气轻声哼哼了。成堆的呕吐物隐隐约约飘来酒气，让他突然打了个激灵。

氏娜挨过来把手搭在志飘额头上，现在她终于搞清楚状况了，问："刚刚吐了？"

志飘抬眼看了看氏娜，目光很快又呆滞起来。

"进屋吧？"

他像是在点头，但哪还有力气晃动脑袋，只能眨巴下眼皮而已。

"那站起来吧。"

但他哪还有力气站起来。氏娜伸手从腋下环抱住他，搀着他勉强坐起来。然后再拉他站起来。他一头勾进氏娜脖子，两人跌跌撞撞走向茅草棚。

屋里连床都没有，只有张竹榻。氏娜搀扶志飘躺下，捡起一张张破烂的薄席帮他盖好。志飘不再哼哼了，像是睡着了。氏娜也眯缝着眼昏昏欲睡。

但屋里蚊子实在太多了，蚊子提醒了氏娜她还有衣服忘在外边。氏娜走出院子。那两个水桶让她想起自己是来河边汲水的。氏娜慢慢穿好衣服，汲上水，然后拎着两桶水回家了。

月还未落，看着夜还深。氏娜躺床上本想再睡会儿，但回想起昨晚的奇遇，她就笑得困意全无，一直在床上辗转反侧。

等志飘再次睁开眼睛，天亮已多时。太阳一定升很高了，听窗外清脆婉转的鸟鸣就知道，外面的阳光必定灿烂明媚。只是在这潮湿的茅草棚里才刚蒙蒙亮的样子。这屋里到晌午光线就开始暗沉，屋外依然亮堂时屋内已像黑夜。志飘从未注意过这一切，因为他永远都醉醺醺的。

但现在他总算醒了。迷茫得似乎刚从绵延的宿醉中清醒。他觉得口苦，内心隐约觉得烦闷。浑身乏力，手脚不想动弹。不知道是不是馋酒，他觉得整个人又是一个冷战，情绪又稍微躁动起来。他现在有些怕喝酒，就像久病之人怕吃饭一样。屋外鸟儿在欢快地鸣叫，赶集的人们在说说笑笑，渔民在拍着桨赶鱼。这些再熟悉不过的声音哪天没有？但直到今天他才听到……真是痛苦！

“今天布卖得怎样？”

“亏了三分呢，阿姨。”

“那还有什么赚头？”

“讨价还价半天，一匹也才五分。”

“话是这么说，但坐着啥都不干也说不过去。”

志飘猜想应该是一个女人在向另一个从南定卖布回来的女人打听行情。他突然有些心烦意乱，因为此情此景让他回想起一些久远的尘封往事。曾几何时他似乎也憧憬过有个小小的家，丈夫租地耕种，妻子在家织布，两人再买头猪来养作为本钱，过得好还能买个三五分地来耕种。

清醒后的他觉得自己不仅老了，还很孤独。人生在世何其苦！怎么会这样呢，难道他已经老了吗？四十出头的年纪……不管怎么说，这都不应当是刚开始为自己人生作打算的年纪。

他已经是半个身子埋进黄土的人了。像他这样的人，身体遭受过多少毒害，再怎么折腾都不会病。但一旦病一场就可以视为是身体已经被严重摧残的信号了，就好比深秋的一场凄风冷雨总会伴随着降温，预示着寒冬即将到来。志飘似乎已经预见自己的暮年，饥寒，病痛，还有比饥寒、病痛更可怕的孤独。

还好这时氐娜来了。如果她不来，让志飘自个在那胡思乱想，他可能早哭成泪人了。氐娜挟着个箩筐走了进来，里面放着口被盖得严严实实的锅。里面是热气腾腾的葱头粥。天还未亮时氐娜翻来覆去了好一会儿，突然想到：那鲁莽的家伙说来也挺可怜的，还有什么比生着病也只能孤零零地蜷缩着更可怜的呢？昨晚假如不是自己，那家伙可能就没命了。氐娜为挽救了一个生命感到骄傲。她觉得自己似乎是爱他的：这是份施舍者的爱，但同时也是受恩者的爱——对氐娜这样的女人来说更是难以忘怀。所以她觉得，如果自己在这个时候离他而去就是薄情，再怎么说也是有过肌肤之亲的人，如"夫妻"般相拥而眠！"夫妻"，这词既让人难为情却也让人怦然心动。难不成也是这苦难之人的内心渴盼？还是说肉体的快感唤醒了氐娜自己都未曾察觉的情感？

氐娜只知道自己盼着见到志飘，见到他提起昨晚的事一定笑死个人。真讨厌，怎么还有这么不要脸的家伙！人家坐在那儿也敢这么扑过来，他若不是个蛮横之徒，怎会人家叫得不够大声，他还帮着吼几嗓子！想想也是够笨的，这天不怕地不怕的家伙会怕谁，还指望自己这么叫几句他会怕？不过也活该，那一阵猛吐够他受的了。今天想必是病恹恹的了，得让他吃点什么才好。病成这样，也只能喝点葱头粥了，喝碗热粥出身汗整个人会立刻轻松很多。于是天刚亮，氐娜就跑去找大米，葱头的话还好家里有。氏娜熬好粥放进筐里，带来给志飘。

志飘诧异极了。诧异过后他觉得眼眶有些湿润，这可是头一次有女人送东西给他。以往何曾有人主动送东西给他呢，哪次不得靠恐吓或者争抢！他必须让人心生畏惧。他盯着这碗热气腾腾的粥有些怅然。氏娜只拿眼偷瞄他，然后又咧嘴大笑。这样的氏娜看着怎么就这么迷人。爱情让一切都变得美好。志飘觉得喜忧参半，还有点——怎么说呢——追悔莫及吧，应该是了。等没力气再作恶时，人通常会懊悔于曾经的恶行。氏娜催促志飘趁热把粥喝了。他把碗捧到嘴边。天啊，这粥怎么就这么香！仅闻到那扑鼻的香味就已觉神清气爽不少。志飘"哗啦"嘲了一大口后才发现：那些一辈子没喝过葱头粥的人不会知道这粥有多好吃。但怎么时至今日他才品出粥的味道？

他自问然后又自答：因为哪有人给他熬粥呢？又有谁一直熬粥给他吃！他从未受到过哪个女人的照料。他想起了三姨太，那个经常逼着他给她捏腿，还嚷嚷着要他不断往上捏，再往上的虎狼一样的娘们……她只是想着给自已找乐子，哪是爱他！那时他才二十岁。二十岁的年纪，岂会像石头般无情无欲，但也不是一心只想着情欲。对于不喜欢的事情他是嗤之以鼻的。何况，是被一个女人叫到屋里给她捏腿！他觉得耻辱多过欢喜，何况还惴惴不安。真的，自从主家太太让他干这见不得人的勾当，他就边做边发抖。不能不从，这个家女人说了算，至于他，哪有这个心思！以至于这女人还冲他发火，觉得离远了可不行，必须做到位。她对他说：你也太老实了，什么男人，才二十岁就跟个老头似的！他还是装听不懂，那女人又挑逗道："难不成我叫你进来真的就是这样捏个腿？"看他还是迟疑不已，就指着他鼻子喋喋不休地骂。他只倍感羞辱，哪还谈得上什么爱意。不，他从没得到过哪个女人的爱。所以氐娜的一碗葱头粥才让他想了很多很多。他应该是可以交到朋友的，怎么就只剩仇家了呢？

一碗粥几下扒拉完了。氐娜接过碗又给他盛了一碗。志飘觉得这汗已经出得他浑身湿透，豆大的汗珠从脑门，从脸上直往外冒。他举起衣袖擦了把汗，又抹了下鼻子，咧嘴一乐再接着喝。吃得越欢细密的汗珠就越多。氐娜望着他这副模样，爱怜地摇摇头。志飘觉得自己变成了个孩子，他想像跟母亲撒娇那样跟氐娜撒娇。天啊，他怎么可以这般温顺，谁还敢说眼前这个人是那个撞墙、割脸、打打杀杀的志飘？这才是他往日被掩盖的本性，还是说，这场病让他从生理到心理都完全改变？那些弱小之人一般都很善良，想作恶得要强壮的人才有资格。他哪里还谈得上强壮。有时他也为自己深感焦虑，以往他以掠抢、恐吓为生，若是没力气去做这些事了怎么办？纵使他以前所谓的强硬只是因为够蛮横，他还是隐约觉得，终归有自己再也蛮横不起来的时候。那时才惨哪！天啊，志飘是多向往善良，多希望跟所有人和谐相处！氐娜将为他带来希望，如果氐娜可以相安无事地跟他生活在一起，那其他人为什么不行？人们将重新接纳他回到那个岁月静好、祥和安乐的属于善良的人们的世界。他不安地望向氐娜，仿佛在试探什么。氐娜依然安静地，亲昵地笑着。他突然感到浑身上下一阵轻松。他对氐娜说："喜欢就这样生活下去吗？"

氐娜低头不语，但那通红的鼻子似乎撑得更大了。志飘见状也就无所顾忌。他摆出一种自以为风情的声调和表情对氐娜道："要不你搬过来，咱同住一个屋檐下岂不更好？"

氐娜娇嗔地瞪了志飘一眼。一个奇丑无比的人在恋爱时也会娇嗔。志飘看着甚是欢喜，哧哧笑起来。他清醒时笑起来可真善良。氏娜感到非常称心。此时下肚的几碗粥应该是起效了。志飘觉得开心极了，掐了氏娜一把，让她整个人都蹦了起来。于是志飘又笑起来，道："这会儿记得昨晚的事了吧？"

氏娜轻轻捶了志飘一下，摆出一副不愿被调戏的样子。怎会如此害羞！在爱人眼里，这么丑还羞羞答答也还是可爱的。他笑岔了气，想看她更加害羞的样子。于是志飘又狠狠掐了把氏娜的大腿。这下氏娜可就不仅仅是蹦起来了，她嚷嚷起来，勾住志飘脖子推了下去。他们互表爱意哪用得上亲吻——一边是像大旱时期的田埂般皲裂的嘴唇，另一边像是砧板般沟壑纵横的脸，谁还亲得下去？再说了，还有其他更易接受的示爱方式，他们相互掐，拧，捶，打……确实有很多种……

他们将是天造地设的一对。他们自己也认识到这一点，铁了心要成婚。就这样整整五天，氏娜除了外出干活就跟志飘从早到晚地腻在他家。志飘不再嗜酒如命，只是有时会小酌几口，既为了省钱，更为了能在清醒中恋爱。女人不像酒一样有酒母[①]，但同样醉人。志飘为氏娜而痴醉不已。但氏娜终究是个古怪之人，第六天她才猛然想起，这世上自己尚有个姑母，她今天内就该到家了。氏娜暗想，姑且从热恋中抽身出来，先问问自己姑母的意见。

乍一听氏娜的话，老太太忍俊不禁：她以为侄女在跟她说笑。但她突然又想到，自己的侄女本就是个怪人，于是突然就惊慌失措起来。她觉得给祖宗蒙羞了，又或者自怜于身世。她想到自己这孑然一身的漫漫人生。她感到无比酸楚。她开始怨

① 译者注：含有大量能将糖类发酵成酒精的人工酵母培养液。

恨，恨谁不得而知。但很快就把这种怨恨发泄到了侄女身上：一个品行如此端正的女人看到自己侄女竟如此不守本分！真是丢人现眼！都过了三十了还是处子之身，都过三十了……谁还跑去嫁人！谁等到这个时候还嫁人！呸！就算要嫁又该嫁谁？是不是世上的男人都死光了，怎么一门心思要嫁这么个没爹娘养的男人！谁又会嫁这么一个靠割脸来撒泼为生的家伙！天啊，家门不幸啊家门不幸，祖宗啊！姑母像个疯婆子似的吼叫，直指自己三十多岁还不安分的侄女的鼻子咆哮道："这么多年都忍过来了，那就一辈子忍下去，谁还去嫁志飘这么个家伙！"

氏娜听后怒火中烧，但她哪知该如何跟姑母争辩？姑母有资格这么说，因为她已经五十岁了，谁还嫁人呢。难不成她还能反驳？于是憋着一腔怒火，越烧越旺。她气极了，真是气极了。她必须找个人发泄。于是氏娜一路小跑到了情人家。她看到志飘正在喝酒，边喝还边嘟嘟囔囔埋怨氏娜离开太久。他不习惯等待，因为要等待，他又跟酒纠缠上了，借酒消愁。酒一下肚就要开骂，习惯了。但氏娜做了什么就该被志飘这么骂呢，他又有什么资格骂她？天，氏娜快气疯了！她狠狠跺着脚，然后又一蹦三尺高，像在跳大神。志飘觉得甚是有趣，笑得前仰后合。还笑！这个挨千刀的还在嘲笑她！老天啊，真是气疯了，苍天啊！氏娜两手往腰上一叉，下巴朝上一仰，硕大的嘴唇往上一翻，把姑母的话劈头盖脸地甩给志飘。志飘愣了一下，似乎明白了些什么。他突然像石化了一般。刹那间他似乎又闻到葱头粥的香味。他一声不吭，呆若木鸡地坐在那儿。氏娜发泄完怒火，那红通通的鼻子怪异地下垂然后又撑大。她心满意足，扭着屁股甩头走了。志飘一脸愕然地站起来叫住她。谁稀罕留下，还啰里啰唆些什么！志飘追着氏娜跑了出来，紧紧拉住氏娜的手。氏娜一把拨开，又推搡了一把。志飘摔了个趔趄。都滚到地上了，他自然要号叫几声，向来如此。他捡起一块砖头正要往自己脑袋招呼。但幸好他还没醉得一塌糊涂，转念一想：在这砸脑袋就亏了，在这砸了能赖谁？他应该亲自去趟那婊子家。去把她全家都杀了，把那个老东西剁了！如果没得手，到时再砸烂自己脑袋然后大闹一场。要砸烂自己脑袋那就得喝个大醉，没酒下肚那血怎么流得出来！得再来一瓶。于是他往死里灌。但真是气人，越喝反而越清醒。老天，清醒实在太痛苦了。酒香不够浓郁，他隐约总能闻到葱头粥的香气。他捂着脸哭成个泪人。喝，接着喝！然后他在腰间塞了把刀，走出门去。他喃喃自语道："老子要杀了她！老子要杀了她！"但他却径直走了出去。是什么让他忘了要拐进氏娜家吗？那些丧失心智和酩酊大醉的家伙从来不会去做他们本打算要做的事。

天气非常炎热，路上行人稀少。志飘就这么一直走，一直骂，一直威胁要"杀了那家伙"，一直走。现在到了阿建老爷家的巷口。他径直冲了进去。全家都外出干活了，只有百户阿建一个人躺在那儿午休。听到志飘的声音，立刻气不打一处来。他本就在气头上，因为他觉得自己头疼得厉害，想有双酥凉的小手替自己揉一揉。又或者他只盼着四姨太别出去那么久。走了这么久，谁知道又干什么去了！为什么这女的就这么经老呢！都快四十的人了看起来还那么白白胖胖，可以说过于丰腴了！自己都年过六十了，又老又残，想想就满心酸楚。这四姨太跟着自己一起老不就得了。怎么还是这么嫩，那么丰腴，漂亮得像个二十出头的小姑娘，还风情万种！看着是挺喜欢的，但怎么就总觉着哪里不顺气呢，就好比满口牙都要掉光时还想咬口坚韧的牛肉。这眼神、这小嘴煞是迷人，但看着就是过于风骚！动不动就启唇笑，笑得眼睛都眯成柳叶，双颊绯红。最可恨的是那些个小年轻，做她儿子都还不够格呢，还敢一见她就开玩笑！他们开的那些不咸不淡的玩笑，要多低俗有多低俗，可她偏还跟谁都能笑得花枝招展！也不想想自己的身份，就没见过这么没心没肺的人！真是气极！老爷只想把这些个小年轻统统投进大牢……这种时候，再精明的人也没法冷静，何况碰上志飘这种只会来讨钱买酒的家伙！虽然如此，老爷还是先掏好五毛钱出来。罢，用五毛钱打发这家伙赶紧滚。但即便钱掏了，老爷还是要呵斥上几句解解气的："志飘来了？叽叽歪歪也得适可而止，我又不是你的钱库！"

接着，他"哐当"几声把五毛钱扔到地上，道："拿上赶紧滚，让老子清净下，你自己不养活自己，还指望别人一直养活你不成？"

志飘怒目圆瞪，用手直指老爷脑门："老子不是来这儿讨你五毛钱的。"

看志飘就要发作，老爷只好软下来："行了，这五毛钱你拿着吧，再多我也拿不出来了。"

志飘高傲地仰起脸："老子说了，老子不要钱。"

"好！今个儿总算见到你不是来要钱了。那你想要什么？"

志飘掷地有声地说："老子想做个善良的人！"

阿建老爷哈哈笑出声："哎，还以为是什么大不了的呢，我只盼着你与人为善，那就全天下都阿弥陀佛了。"

志飘摇摇头："不！谁还我良知？怎样才能抚平我这张脸上酒瓶碎片留下的伤疤？我再也无法做回良善之人了！知道

吗！只一个办法……知道吗……只一个办法……就这个……知道吗！”

志飘抽刀直插过去。阿建老爷猛地弹坐起来，但志飘已提着刀冲过来了。阿建老爷只来得及惨叫一声。志飘一边乱刀猛砍一边嘶声怒吼。他喊叫时，人们从不会着急赶来，所以当人们赶到时，志飘已经倒在成河的血泊中挣扎。他双目圆睁，嘴巴翕动着似乎想要说点什么，却发不出任何声音。鲜血时不时从他的脖颈处直往外冒……

整个武代村都骚动起来。这桩意想不到的命案成为坊间的热门话题。很多人暗自庆幸，也有不少人直接把喜悦写在脸上。有人拐弯抹角地说，苍天有眼啊，乡亲们。另一些人则直言不讳：“死的正好是这俩家伙，可没人会替他们感到可惜。很明显他们是狗咬狗，这下不劳旁人动手了。”最高兴的还是村里那些豪绅们，他们蜂拥而至，说是吊唁，实则是带着心满意足的眼神来挑衅里长阿强。治安队长阿岛更是毫不掩饰，在街上当着众人的面大声嚷嚷：“老子死了，那小子这次难免要被别人给点苦头吃。”谁都知道，这“别人”正是阿岛自己。其他群众则窃窃私语：“这老蛀虫死了，咱应当庆祝庆祝。”但也有些明白事理的人对此表示质疑，他们咂咂舌道：“竹老笋生，走了一个还会有另一个，咱是没有出头之日的……”

氏娜的姑姑指着侄女鼻子非难道：“算你这孩子运气好，没嫁给志飘那小子。”

氏娜笑着岔开话题：“昨天去签协议，听说里长阿强这次花了近一百元钱，真是赔了夫人又折兵。”

但她仍暗想：“为什么志飘有时看起来又善良得跟土地

一样？”

然后想起他们曾耳鬓厮磨的日子，氏娜偷瞟了姑妈一眼，又立刻低头看向自己的肚子：

“说句蠢话，假如我怀孕了，那现在他死了，咱娘俩可怎么生活。”

氏娜突然就看到一个废弃的旧砖窑，在那个远离村庄、人迹罕至的角落……

原名《天生一对》

1941 年

惹不起的面孔

今天上午正一起坐着写东西，也不知道莲哥是打量了多久，突然对我说："喂，阿知，你这张脸细看是有点那什么，还真让人敬畏三分！"

我抬起头，发现他正微笑地看着我。我也勉强笑了笑，心下自然不好受。我想起和多哥第一次见面的情景。莲哥把我们介绍给彼此，我们握了握手，关系很快就密切起来。因为我俩是同乡，更因为我还没毕业时就看过很多他的画作。

我很快对他有了好感。他说起话来很有吸引力，跟所有历经磨难的人一样，他有本事让听他故事的人都笑起来，笑到不能自已那种，但笑着笑着心里就有泪，也不知道其他人听着是不是也有同感。反正我是觉得挺悲伤的。我会一直想他人生的三大不幸：第一大不幸——该怎么说好呢，说出来又怕人家只会笑他，或者笑我故作姿态。第二大不幸就比较好描述了，因为更容易有共情：那就是家境贫寒。第三大不幸有些老生常谈——大家都听说过无数次的那种：心上人另嫁。心上人另嫁！我当时就笑了，可能现在也还会笑，如果多哥还只是个乳臭未干的学生。现在多哥都三十开外了，还是孑然一身。老天！这些痛苦也许在他未满二十岁时就在心里滋生了，多么冗长的不幸。我觉得极其可怜：可怜他，可怜自己，可怜我俩。由此我愈发倾慕他，如同一个渴盼的灵魂遇到另一个渴盼的灵魂。但人生有三大不幸的多哥啊，他又何尝能懂！

他确实不懂。不久前，跟莲哥外出时他告诉我："我刚才碰到多哥了，邀他一起来跟你聚聚。但他拒绝了，他说他很怕看到阿知，看着他的脸……让人生畏。他就一直问我说，阿知怎么会这样，还是说阿知不喜欢开玩笑？这脸真的有些一言难尽！"

一言难尽？只是一句描述。但我懂。我知道他想说的是，我这脸冷若冰霜，极尽各种忸怩作态、无聊乏味和乖张孤僻。我讪笑着，心里悲伤极了。悲伤得一言难尽。

人都说上帝很公平，只做善事，但怎么就给了我这么一张害我至斯的脸？这张脸……怎么说呢！人们见我一次就会留下不好的印象，尽管我见谁都刻意让自己不至于显得可恶。我根据场合来表现得彬彬有礼、温文尔雅，又或者是亲密和善。我顺着每个人的意来迁就他们。但一切都是徒劳！就算这样人们还是会讨厌我，无缘由地为了讨厌我而讨厌我，这才让我痛苦万分。我傲慢吗？我清高吗？我油嘴滑舌吗？还是正相反，奴颜婢膝，卑鄙下流，或者粗俗无礼？不，不，从来没有人这么说过。他们知道我根本不是这样的人，但我的脸看起来就……

有点那什么。天啊，我到底该怎么做！是老天让我长着这么一副面孔的！

我七八岁就离开家到省城读书了，寄宿在一个姨妈家。一栋宽敞无比的房子里只有我和她儿子阿德而已。阿德和我年岁相差无几，又是上同一所学校，但他从不跟我一起上学。他喜欢早点或者晚点走，任何时候都跟邻居治安队长草先生的儿子阿鲸黏在一块。阿姨看我总是孑然一人，可能觉得我挺可怜的，有一天就把阿德叫住训他：

“你真不懂事，怎么上学也不叫上弟弟一起？家里有两兄弟的哪个不是一前一后形影不离！明天开始还这样就有你好看！”

然后阿姨柔声对我说：“你尽管跟他一起走，如果他不肯或者欺负你，你就告诉阿姨，我让他知道厉害！”

我点点头，我那时虽然还小，但也已经知道，阿姨这么做于我无益，反而还有害。爱恨就跟人们的想法一样，是无法用外力强迫的。即便阿德不喜欢跟我一起也别让他对我心生怨念，所以跟阿德独处时我便对他说：“阿姨说是这么说，但如果你不想跟我一起走那就自己走，别怕，阿姨不会知道的。”

也不知道阿德怎么想的，说：“怕我倒不怕，但明儿起我俩一起走也行，叫上阿鲸，咱三个人一起。”

我很高兴，买了糖请阿德吃。我们一边嚼糖一边说说笑笑，高兴得如同春节里穿着崭新的衣服在街上嬉戏来欢度节日一样。

次日一早，我们把两人的书本都收进一个书包，阿德走在前面，我夹着书包走在后面。从家往外走时，阿姨看着我俩微笑，我脸上满是喜悦，有趣的是还有点难为情，如同大姑娘穿上新衣服。我们去隔壁叫阿鲸，他还在吃糯米饭，嘴里鼓鼓囊囊地跑了出来。我们微笑着相互点头致意。

阿鲸问："阿知也一起啊？"

阿德点点头。阿鲸犹豫了会儿，说："要不你俩先走，我吃完再走。"

我赶忙说："你吃你的，我们站这等会儿。"

他摆摆手，头摇得像拨浪鼓："不用不用，我还要吃很久。你们先走，走吧走吧。"

阿鲸哧溜一下跑回了家。阿德对我说："你站这等会儿，我进去看看怎么回事。"

他进了屋，两人聊了有十多分钟，然后阿德跑出来拉着我走了。"算了不管他，我们走吧。"

"他还没吃完啊？"

"吃完了，就无花果那么大一把糯米饭。"

"那我们等等他吧？"

"不等了，他说，我们先走。"

走了一段路，阿德脱口而出："他不想跟你一起走。"

我感到很震惊："为什么？我这么难相处吗？"

"不是，没有。"

"还是说我无意中在哪儿拂了他的意？"

"也不是，但他就说看着你……有点那什么，他不喜欢你。"

一晃十载。再过个几年我就二十了——阿德也是。我们都变了，声线不一样了，脸上开始长粉刺。阿德喜欢在外到处晃荡，而我则会无端走神，还常失神落魄。另外有个人也跟我们一样起了变化，那就是阿茸姑娘。阿茸是阿姨的朋友——瑞成阿姨的女儿。她家就在旁边。以前一到假日阿茸就会来找阿德玩跳格子或陀螺，我从未被邀请加入过。我只能站在一旁静静看着他们。现在阿茸也仿佛一下子就长成大姑娘了，长长的秀发披散下来如丝绸般光亮柔顺，眼神顾盼生姿，双颊绯红粉嫩，声音也更温柔了，比以前更注意穿着。尽管如此，阿茸仍如常出入阿姨家，她过来都是请阿德帮她讲解一道很难的算术题，或者是拓展写作思路——她半天都憋不出一句话来。我打心底忌妒阿德，暗暗盼着哪次阿茸捧着书过来但阿德不在，让我有机会帮她一次。但从没实现过，因为阿茸都是确定阿德在家后才过来。

机会终于来了。一次阿茸过来时，阿德正忙着复习考试。而我已经复习完了，正在画画。他便对阿茸说：我现在要集中精力，阿知有空，你拿过去让他给你讲。我只觉幸福得心都要跳出来。我努力保持灿烂笑容，停下笔抬起头，翘首以盼。阿茸犹豫了一会儿，然后大声道："哦，算了，我已经想出来了，我这就回去做题。"

我瘪嘴欲哭，痛苦极了。但更痛的还是次日阿德笑嘻嘻地幸灾乐祸道："阿茸那家伙今天要被罚了，昨天那道算术题她还空着，那会儿嚷嚷着想出来了，事实上猴年马月她才想得出来。竟还一个劲怨我。"

我沉下脸，正想着怎么岔开话题以免自己太难堪时，阿德又道："她活该，谁让她不愿意问你。"

然后他看着我又继续道："阿知，不知道为什么阿茸很怕你，她说不敢问你，看着你……一言难尽！"

"行了行了，我知道了。"

次年我成中[1]毕业了。像我这种穷人家的孩子，能学到这程度已经很幸运了。说来也已耗尽大半家产。我没再继续学业。想起阿茸我的心就在滴血。想起自己见过的那些或美或丑的姑娘，想起那一张张冷漠的面孔，内心就痛苦得如同一只迷途于苍茫暮色中的鸟。

但对于穷人家的孩子来说，内心的伤痛很快就会被操劳所取代。操心的都是些寻常却又着实让人头痛的琐事，比如没米下锅，没钱给生病的母亲买药或者给父亲买碗汤喝，入冬时无法给弟弟准备冬衣，或者没钱没貌的妹妹还未能许配一户人家，以及比这些更鸡毛蒜皮却又不得不面对的事。

那天我拎着个小小的旧皮箱乘火车独自南下。这是我头一回坐火车，内心澎湃激昂。我希望不仅能养活自己，还能赚到钱；能继续买书学习、买报纸看到尽兴，能去见识更广阔的天地；能通过跟外界接触来历练自己简单的头脑，更盼着能找到一个不对我冷若冰霜的女子。人都说南圻受西方文化的影响大，情感更加奔放，言行举止少有拘谨，男女交往更为自由，灵魂更加充满激情，连天空都是五彩缤纷的。若真如此，那寻得姻缘也容易些，还怕找不到伴侣?

我混进一家缝纫厂。工作比较琐碎，整理名册写写书信，夹着产品目录到那些法国人家里、到军营里和军舰上去收货、推销。有时也操作机器或者做纽扣，晚上就教几个学徒好让自己一个月能多个几十块“外水”。那会儿，物质对我来说已不像以前那般贫乏了，但情感上就……

无数次的失败让我现在路上遇到个姑娘都害怕。以年龄和

① 译者注：越南法属时期，学生完成五至六年的小学以及三至四年的中学学业，就可以获得一张成中文凭。

职业来说，天真烂漫的少女已不适合我。我更看重心灵的纯粹。售货员只倾心于顾客或者那种有大把时间可以挥霍的家伙，风尘女子又太脏，这两类人我都得避开。我决定从身边，从亲近的人里寻找。我开始注意那些做纽扣的女工。仔细观察自己所在车间的情况后我的小算盘是这么打的：女工有五个，除去已婚的八姐，那就还有四个。男工有七个，但算我走运，四个都已经结婚了。如果连那四个都是未婚，估计也没我什么事了。算我运气好，还能剩一个给我——我要俘获四萍[①]的芳心。

假如爱自己多一点，我应当把阿萍描述得更梦幻些，但我更爱说实话。如果说实话，阿萍着实不漂亮。说她丑都行。五官不够柔美，双眼歪斜，鼻子又大，嘴还往前凸。更糟糕的是还镶一嘴金牙。都这副尊容了，整个人看起来还直愣愣的，娇媚不叫娇媚，飒爽不叫飒爽，说实话我更想让两者互补一下。我是这么安慰自己的：她的手看起来还是很修长的，声音听着也挺暖心。这就够了，要漂亮来干什么，只要有魅力。于是我认定她非常吸引我。我利用一切机会接近她，跟她聊天，不用外出也不用看货时我就老去做纽扣，让阿萍教我，每次碰到她的手我都感觉整个人幸福到颤抖。老天，女人的手。每天早上看她进来我都微笑着问好。每天下午看她离开我也微笑着道别。每个替老板发工资的月底我都会小声跟她说："阿萍姑娘，我已经把你那份工钱点清楚放我口袋了。"

① 译者注：越南人习惯在名字后面加上哥、姐、弟、妹称呼彼此，故会事先问清楚年龄以便确定称谓。"四"在此处指阿萍姑娘在车间年纪排行第四。下文"四姑娘"亦指阿萍姑娘。后文"三哥""三知"均指主人公阿知，"七哥"指车间中排行第七的工友。

“搞好了啊？”然后她抿嘴露出那副镶金牙。我不得不对自己说，这是微笑。然后就开始想入非非……

这样一晃半年过去，我有些焦急了。我觉得是时候捅破这层窗户纸了，但该怎么捅呢？我思前想后良久。一直下定决心要说，然后下定决心要从容不迫地说，再一次下定决心要说。每下一次决心，心脏都像个争风吃醋的女人般快要蹦出来。它着实太累，被伤得太深太深了。罢，为了它我豁出去了……

那个中午，我鼓足勇气，忐忑不安地溜进车间。工人们吃过饭都跑去咖啡馆了，只剩几个男工睡得正酣，不足为惧。我蹑手蹑脚走近阿萍。她坐那背靠柜子，正拿着把剪刀在剪指甲，我在她前面坐下，浑身簌簌发抖像得了疟疾，阵阵眩晕仿佛被悬吊在半空。

良久，我才颤抖着轻声道：“四姑娘！”

她还是盯着剪刀。“怎么了？”

我不再说话，目不转睛地盯着她。我极力想用深情凝视来代替表白。她抬眼看了看我，表现出一脸惊诧。当听她叫起来时我有些眼冒金星：“老天，三哥在瞅啥，这么奇怪的眼神！呀，怪吓人的！”然后摇了摇睡在近旁的七惠：“七哥，七哥！哪，起来看看三知，他在盯着我！奇怪极了！”

我感到脸颊滚烫，慌得夺门而逃。四萍放声大笑……那天下午我在朋友家躺了一下午。我害怕见到阿萍和那些工友。也许现在他们还在拿这事说笑。我羞得要死。那天晚上十点我才回去收拾东西，向老板请辞。次日一早就搬空离开了。

我本以为自己此生都不会有爱情了。但我终究还是遇见了，以一种意想不到的简单方式。

我回到了北方，我听从母亲的话娶了妻。妻子是乡下老家那种并不很漂亮，甚至有点丑的姑娘，但怎么说也是个女人，而且是个听话顺从的女人。似乎她也觉得我这张脸有些一言难尽，因为刚结婚那几个月看她有些郁郁寡欢。我也一样。但后来渐渐也就习惯了。时间久了什么都能看惯，哪怕是张让人生畏的面孔。

一天，她看着我抿嘴笑。我几乎要晕倒，有点手足无措，顺势就从床上滚到地上。

她担心地抱起我的脑袋："呀，怎么了，怎么了？"

"没事，没事。"

"那怎么连翻带滚？醉酒了？"

我抿嘴乐："醉你。"

然后我握住她的手。她赶忙抽了出来，脸红扑扑的，在我脑袋上敲了一下："冤家。"

我想像博学之士那样一边奔跑一边大喊："找到了，我找到了，我找到自己的爱人了！"

1942 年

明　月

阿佃有四张藤椅。全屋所有物件里，只这四张藤椅是值钱的。其实也不是阿佃买的，他一向讨厌花钱。从自立门户到现在，阿佃只买过一次东西，就是那张原属于一个穷女人的柚木床。她需要钱给水土不服的丈夫买药，而阿佃也觉得需要一张床。三月里，阿佃的妻子刚给他生了个儿子，阿佃现在有两个孩子了。家里四口人，四口人都挤在一张床上！冬天还好，挨着也算暖和，但夏天呢？更别提什么讲究了！

偶尔阿佃也觉得，应当讲究。毕竟他是个正儿八经的知识分子。他曾在一个私塾当了近三年的教书先生，而且他还拥有刚刚提到过的那四张藤椅。去年私塾还以每月二十元的工钱聘他教一年级[①]，可突然就得收拾包袱走人了，好腾出那几间房，因为人家有别的更要紧的用处。校长还认阿佃半个月的工钱，但最后那个月的学费还没能收回来。朋友一场，这账可怎么算？若校长手头周转得过来，麻利给阿佃十元，那两边都好说。可他周转不过来，那难不成这损失要由阿佃承担？罢了罢了……“现在都不知该如何开口了。”校长忸怩地笑道：“罢，这样吧，阿佃先生。如果您不嫌弃，就把这四张藤椅搬回家用。那边米粉店老板出价七毛一张。上次给其中那两张新拉藤条都花了一元。卖给那老板也是浪费，何况您家也还没椅子……”

那时阿佃是极其克制才没当场翻脸，其实心里烦透了，他才不想要那四张藤椅呢。老天，这也能叫藤椅吗！要么松松垮垮，要么歪扭变形，漆面全都干裂得跟麻风病人的皮肤似的，看着就够糟心了。他不得不花七毛钱买张回乡的火车票，这原本已够糟糕的了，何苦还要为这四张老掉牙的藤椅掏运费！但又不好直接拒绝，显得自己斤斤计较，可能会伤了校长的心。这是阿佃不愿意看到的，因为校长对于阿佃来说还是共患难的朋友，他们都已被外人伤透，不应再互相伤害……

阿佃正绞尽脑汁想托词时，校长又开口了：“您该坐船。再贵也就是五毛钱，五毛再加五分钱硬币就是五毛五。这样就算加上四张藤椅的运费，那也就是一张火车票的钱，何况还更宽敞。您就搬两张椅子出来，一张用来坐，一张用来搁脚，能跟自己家一样舒服，何苦去挤那火车。”

说来也是个好主意。这样就不用跟别人掣手并肘地抢一张

① 译者注：越南1971年以前的学制，相当于现代学制的小学五年级。

火车票，也不用相互坐在对方的行李袋上，还得闻那四等车厢里汗臭夹杂着猪粪的味道。但……

校长不等阿佃开口就猜透他心思了。于是又道："至于椅子的搬运也没多麻烦，我会跟小厮说把两张椅子绑一捆，用挑水的扁担替你挑到这边码头去。你到了那边码头再花个五分一毛请人搬回家。"

阿佃默默盘算了一下。如此费周章才花一元左右，也就比坐火车多两毛而已。两毛就能换来四张藤椅！再松垮那也算非常便宜了。阿佃欣然应允。就这样，校长那四张粉店老板出价每张七毛的藤椅，得以乘船跟着阿佃回了家。如此阿佃就拥有了四张藤椅。他不知道实际价格，但他估摸着买新的应该也很贵。现在一张可能都要三四元钱。三四元一张！也就是说，全套价值将近二十元。左邻右舍也没哪户能有这么贵的家当。阿佃的妻子对藤椅无比珍视，每每看到有粗鲁的客人在赞不绝口地说藤椅好看又油亮后，就把厚实如水缸的屁股一股脑坐下去，压得椅面几根藤直往下陷，末了还要把脏兮兮的脚往上一蜷，虎背熊腰地往外一拱，把椅背挤得后凸一大块时，她都无比痛惜。如果再这样下去，那椅子也糟蹋得不成样子了，就算是铁做的都要坏，何况是藤做的！

一天她跟丈夫商量着："孩子他爹你想想看，乡下人太不懂规矩，咱有值钱的东西都应当收好。要不咱把藤椅收起来，以免谁来都爬上去蹲半天不挪窝，这样下去用不了多久就得扔了！"

乍一听阿佃禁不住想笑。他觉得女人真是吝啬——织好件衣服就压箱底，买张椅子也看不得有人坐热乎。刚想表示反对，但再转念一想，又同意了。在家务事上妻子难道不比阿佃精于盘算？何况阿佃现在只是寄生在这个家，妻子要事无巨细地替阿佃打点，挑起养家糊口的重担，那也应当给她点家里的话语权。不然她就会说，就算坏了也不需要阿佃掏钱修，所以阿佃不心疼……自那天起，四张藤椅就被挂上四个钩子拴在厢房外头，只有贵客来了阿佃才把它们扛回屋坐。

但在有月色的夜晚，就算没有客人，阿佃也会把藤椅一张张搬到院子里，然后唤妻儿出来。妻子抱着小儿子坐一张，大女儿坐一张，阿佃自己坐一张，还有一张阿佃用来搁脚。他们坐在藤椅上等月亮升起。如果小儿子不哭闹，大女儿不嚷嚷着要挠痒，那真是无比幸福的时光。晚风吹散堆积在心头的所有焦虑和苦楚。月色柔和地给肌肤拂来一层如水的清凉，香软如冰玉。愁容烟消云散。妻子的额头被抚平，面容清丽似年轻了十岁。如此闲适的时刻，妻子看起来是多么温柔，多么娇憨！阿佃看不出她跟那个整日怒容满面，张嘴就是骂孩子、骂丫头、骂狗骂猫，把家里搞得永远鸡飞狗跳的女人有任何关联。她低头碰碰小儿子，又抬眼慈爱地望向大女儿，女儿冲她笑，她也冲女儿笑。她还冲丈夫笑。阿佃望着妻子和孩子，内心满溢幸福。阿佃对着月亮抿嘴笑了。

阿佃很爱月亮。这对满腹经纶的他来说再正常不过了——读过这些书才能读懂月亮的高洁和珍贵。月亮是璀璨星河中的一把金色弯刀，月亮是蓝色绒毡上的一个银色圆盘，它把梦幻倾洒向凡间，让清泉淌入躁动的灵魂。月亮啊月亮，从古至今多少诗人的魂牵梦萦！阿佃没有丝毫悔恨——双亲卖田卖地供他读书一点都没有浪费。固然他们盼着阿佃能捞个一官半职安身立命，看他胃口差到瘦成竹竿自然很是失落。阿佃体质极差，没能被机关录用，人们遂认定供他读书的钱算是打水漂了。但阿佃坚信：即便学识无法帮自己谋生，依然是让他受益无穷的。就说一样，若无学识阿佃又怎能谙熟文章，若非谙熟文章又岂能读懂风月之美？他抱怨如妻子那类枯槁无趣的灵魂。对她来说，月亮就是……能省下两分油钱的存在。现在一瓶一公升的花生油要两元钱，她在这个时候才知道国家打仗还会影响到赤贫之人。每晚她都只点一小会儿灯。但就这一小会儿也得耗掉两分钱的油。所以有月亮的夜晚就能省下这两分钱。两分钱不算什么，但十个两分钱那就是两毛钱，十个两毛钱那就是两元钱，那十个两元钱……老天！这么算下去得算到什么时候！为什么她总这么斤斤计较？那些一辈子计较的人就是一辈子都自找苦吃的人。阿佃总这么责备妻子，哪能想到自己也有这毛病。就在此刻，就在这坐着赏月让人暂时忘却凡尘琐事的时刻，阿佃还在打自己那虚无缥缈的如意算盘。他看着天空这般广阔，星群这般璀璨，想起西方有个诗人描述苍穹如同旷野的诗句。如果天空就是旷野，那这片旷野也着实辽阔。自己只需要得到自家屋顶上竹筏大小那么一块地，也就足以让余生不用再为生计发愁。他会把这块地交妻子打理，自己就做个闲云野鹤去寻梦……

那是个关于文章的梦。有那么一阵阿佃埋头读书，写作，踌躇满志地想成为一个作家。他甚至愿意承受自己国家的文人必须面对的贫穷和折磨。他常对一个志同道合的朋友说：如果写作可以赚到五元钱的话，自己会毫不犹豫拒绝一份每月上百元的工作……但写了好几年，阿佃也没有挣到一分钱，而他还是要生活的。所以阿佃家近乎赤贫——他的弟妹都没学上，甚至吃不饱。贫困生活百事哀，父亲离家出走，母亲四处替人打工赚钱抚养两个幼子。至于大一点的孩子，一个替人带娃，一个给人放牛，一个整日顶着讨要来的芭蕉花和几块甘薯到集市卖，挣点小钱以免饿死。阿佃觉得自己很自私，还干什么事业？他就应该更多为家庭打算，扛起照顾这个家的重担，暂时放下那些文章大梦去赚钱。于是他去教书。老天，教书每个月挣二十元，他母亲觉得这已相当丰厚了，接着逼他娶妻。阿佃的妻子出身于小康之家，嫁给他是看上他有学问。然后阿佃有了孩子。他那个大家庭已无法指望他了，现在还多了个小家庭。阿佃没有一刻不想着挣钱，满脑子在操心柴米油盐。蓦然想起那个久远的梦，也只能一声长叹。他安慰自己说，等挣到钱就开始写。但他也知道，自己是不可能继续写了，因为他这辈子注定无法挣到钱。

今晚又是个月夜。但阿佃只搬了两张藤椅子到院子里。妻子今天忙得脚不沾地，丫头请了天假去参加祭礼，于是她得把布织成匹好明天拿去卖了赚钱还债息。织好布她又赶去收钱。等回到家，看到小儿子哭得快要背过气去了，大女儿浑身上下脏兮兮的，鼻涕歪歪扭扭糊了一脸。家里乱成一团，丫头又还没回来，自己一个人怎么来得及收拾？她只觉得怒火噌一下蹿了起来，跺着脚开始大呼小叫。她打了大女儿，骂了小儿子，扔了扫帚，踢了箩筐，不指名道姓地骂骂咧咧。然后就抱着小儿子早早躺下了，大女儿抽噎地哭累了也倒下睡了。阿佃独坐院中，竭力装得若无其事。但脸燥热不安，气鼓鼓、麻酥酥的。他觉得烦闷至极。妻子也许很爱阿佃，但她只知道人饿了要吃饭，冷了要穿衣，病了要吃药。她终日只懂得替丈夫操心这三样，自己挨饿也要让丈夫吃饱，自己穿少也要让丈夫穿好，卖掉裙钗来给丈夫买药。她觉得如此丈夫就能幸福。但并非如此。阿佃惯于那种浓郁热烈的感情和如沐春风的话语。

妻子那颦蹙的面容、粗俗的言语，特别是这种不加修饰的爱意——可以说是原始了——都让阿佃觉得痛苦不已。他觉得自己在情感方面是有所缺失的，他没能爱过谁。如若一直生活在这样的家庭里，终日烦扰于这种凡尘琐事，他那无比珍贵、依然等待着某一天能被唤醒的灵感之泉将会随内心一同枯竭。月亮挂在天上悠然得如同一位情窦初开的少女，微风轻拂中枝叶仿若舞姬的莲步，透着月色清辉的芭蕉叶摇曳生姿。阿佃想起那些闲适的女人们，用芬芳的香水沐浴，身着水绿的丝绸，娇柔地躺在摇椅上，双足忸怩地来回晃动……

他也不明白为何自己脑海中会浮现这么些轻浮的画面。也许他渴望能轻抚过一头馥郁芬芳的秀发、一身光滑细腻的皮肤，和一双软若无骨的玉手。这些美丽且风情的女子终日锦衣玉食，除了把自己打扮得赏心悦目就什么都不需要做了。没错，妻子只是一个粗野之人，根本不值得阿佃去珍爱，也不值得阿佃去怜悯。他必须出走，离开这个家好让内心永葆光鲜。他会做一切能够养活自己的事。然后他才能安静地写作，如此他才能写出像样的作品来。语言要优美，立意要清高，他的笔才能唤醒那些如梦如幻的情愫。艺术就如同清亮缥缈的月色，能美化一切寻常甚至丑陋的事物。

他仿佛又看到窈窕淑女闲适地躺在摇椅上婀娜的身姿。这些女子将读到阿佃的文章，她们的心灵因此得到美化。她们将爱上阿佃，会在喷洒了香水的精致信纸上给他写信。他的天马行空如同月色般泛滥开来。他幻想着跟那些只会打扮和恋爱的红粉佳人展开一段段风月情缘……

屋里几声咆哮传了出来。月色瞬间就黯然了。阿佃低着头，局促得如同做坏事被抓个现行。他竖起耳朵，只听到妻子厉声嘶吼："又怎么了？"女儿嘬着嘴答："我肚子疼。""哎呀我的老天！"妻子开始抱怨。然后骂女儿道："让你乱吃东西！死了才好，还叫什么叫！"

孩子不敢放声哭，只能蜷缩着，极力压在喉咙轻声抽噎。偶尔无力克制时哭声就会传到阿佃耳朵里，号啕得就像干呕。阿佃依然垂头坐着，莫名的酸楚似乎已经成为他身体的一部分，牢牢锁在心间。这种酸楚慢慢升腾到喉咙，再到头脑。他的泪水倾泻而出。

妻子轻轻把已熟睡的儿子放到吊床上，拿把刀到院子里挖了几块姜回来，洗干净舂碎，又挤了半只柠檬下去。穷人家治百病的药也就这样了。她滤掉渣把水给女儿端了过来，孩子闻到姜味就已经害怕了，双唇紧闭，怎么哄都不肯喝下去。妻子不得不抱着女儿让她仰面躺在自己大腿上，一只手托住孩子的头，另一只手拿着那碗姜汁凑到孩子嘴边。孩子依然死死抿住双唇。妻子气极骂道："张嘴！"

孩子哭了，姜水就顺势灌进了嘴里。她挣扎得像只水蚂蟥掉进石灰里，"噗"一声全喷了出来，大声哭叫。一大碗姜水全扣到母亲衣服上。小儿子受到惊吓，猛然大哭起来。妻子盛怒，对着生病的女儿的背噼啪就是几下，把她像扔只猫那样扔下床："老娘不管你了！死了算了！"

孩子一边号啕一边跪求母亲："妈，我求求你，真是太辣了！妈，求求你了！嘴好辣！""兔崽子再不闭嘴我就一巴掌打烂你的脸！"

孩子依然不肯停止哭闹，妻子气势汹汹要一把抓起她："闭不闭嘴！"

孩子害怕极了，不得不停止哭号，但小小的呻吟依然断断续续。阿佃极其心疼孩子，突然觉得自己不能离开，如果他的孩子还生活在水深火热中，那他也无法过得幸福。

天啊，月亮是那么迷人，温柔，清亮而又宁静。那一间间破败的茅草棚，在月色的柔化下外表竟也显得动人，可内里又有多少因自己的苦痛人生而奔波曲折、号啕大哭和愁眉苦脸的世人！又有多少咬牙切齿和诅咒谩骂！多少世间疾苦和生灵涂炭！

不，不，阿佃还不能去追梦，残酷的事实就摆在眼前，事实扼杀了他脑中关于闲云野鹤之作的种种浪漫梦想。他想逃离现实，但又往哪里逃？他的妻子苦，孩子苦，父母苦，自己也苦。又有多少跟阿佃同病相怜的人！苦痛让人们的美好天性都趋于枯竭，哀号响彻世间。苍天，苍天啊！艺术无须是欺人的月色，艺术也许只是脱胎于惨淡的人生那一声声哀号，响彻阿佃内心。他哪里都不需要去，不需要逃避，他就这般站在劳苦中，坦然迎接生活的呼啸。

次日上午，阿佃被环绕在孩子的哭声、妻子的怒骂声、村头隐约传来的讨债声，以及一个夜里丢了鸡的邻居的叫骂声中，坐着继续写作。

1942 年

吃不上狗肉的孩子

这已是他一口气抽的第三锅烟了。在这么凉爽的上午，水烟怎么就那么可口！浓厚的烟雾似蜜，透过舌尖融入血液，渗透进每一寸肌肤，使人皮肉皆销魂。他双眼迷蒙，气喘吁吁如同打铁炉的风箱，乏力的手指在空中轻挥出幻想中的形态。如此持续个三五分钟就会逐渐清醒。这正是乐趣之所在：眩晕如果持续就会让人恶心，想一头撞墙上或者像狗变疯前那般流口水——还有什么比这更不堪！但抽烟带来的眩晕很快就会过去，让人抽完一锅就会想再抽一锅，抽多少都不嫌多，怎么抽都觉得可口。

这无知无觉的烟筒似乎也懂得了曲意迎合。素来劣质的它，本来抽也不响，只闷声像是什么东西受了潮，听着就招人烦。然而今天却不知哪来的兴致，竟变得嘹亮起来。嘀嘀嗒嗒的声音在这种秋高气爽的日子里听着就如同一串清脆的笑声。看，这烟筒似乎也是有灵性的。在这么个凉爽的上午自觉就不蔫了，觉得要铿锵起来才叫痛快。人亦如此。他觉得这种日子还得蹲在家无所事事那真叫遭罪。于是他开始骂骂咧咧。他骂那些柚子贩不来买他家种的柚子树，让他好挣个三五元钱花花。五元钱！他两眼放光，似乎看到邻居三婆娘屋檐下挂的那块肥美油亮的烤狗肉。他的口水哗啦涌了上来，感觉一阵缥缈的酒香扑鼻而来旋即消失不见。哎，今日天高气清，在这种天气里一口美酒一口狗肉，得有多美味！他连着咕咚咽了几下口水，接着又把烟草捻进烟管[①]点着，又抽一锅。这次声音倒依然清脆，但烟雾怎么就这么寡淡！抽时淡得跟凉白开似的，抽完还苦口。他对着柱脚啐了口唾沫，然后一边咂嘴一边扬头望着屋顶。酒……狗肉……酒……狗肉……这两样东西就一直盘旋在他脑海。一条烤狗腿那闪着油光的金黄色和一瓶文典酒[②]那满满当当的碧绿色轮番闪现。哎，这样的天气能喝上口酒就美了。但上哪儿找钱去？于是他又开始骂那些柚贩子。顺带把妻子也骂了一通：那瞎眼婆娘长得跟猪一样，柚子都熟得都快掉下来了还不招呼人来买。骂烦了，又咂咂舌自言自语：罢了，不骂了。

他两脚往地上用力一蹬，噌地站起来就往外走。他低着头，专注地迈着坚定的步伐，任谁看见都以为他已经决定好要去哪儿了。但其实并不是。走到路口，他就犹豫地停下了脚步。因为面前有两条分岔路。该走上面还是下面？走下面就能

① 译者注：烟管是吸水烟袋时连接水和烟斗的部件。
② 译者注：文典为酒名。

到阿务婆娘家卖青[1]——卖十株香蕉。但这样她就会想起，那次他卖另外十株给她，收了她两元钱然后跑去摇钱押宝[2]，接着又重复把那十株卖给另外一个人，再赚两元钱。倘若每株香蕉树能努力长出两个蕉房，那他也还不算是个出尔反尔之人。但香蕉从古至今都是一株树只长一个蕉房，如此看来他着实是个出尔反尔之徒。

他又咂了下嘴。行吧，他就是个出尔反尔之徒。那又如何？无所谓！因为不管是谁，骂他骂上个三天就能知道，除了自己嘴累外没任何意义。但也会吸取教训，牢记此后不能再一次蠢到贪便宜去买他的香蕉了。这么看阿务婆娘肯定不会再买了。不仅如此，很可能还会指着他鼻子骂到他祖坟冒烟。这样看来这条路明显走不通。他转向上面这条。这路通往卖狗肉的三婆娘家。但这三婆娘本就不愿赊账，虽然他还是硬赊了三顿，现在也变不出钱来还。那婆娘的脸色肯定也不会太好看。兴许还会让他滚，或者盯着家门口那丛竹子中间根本不存在的鸟窝也不稀罕看他。如果他死缠烂打，她就会把嘴角撇上天说，先把旧账还了再说。这也够他受的。他迟疑不决，迈不动步子。此时他只觉口水又慢慢涌上嘴角。酒……狗肉……酒……狗肉……他眼前倏忽闪着两种颜色：金黄色和碧青色。他咕咚咽着口水，大声咂了下嘴，表示自己已下定决心。还有什么好犹豫的？三婆娘的狗肉是拿来卖的，不是拿来发臭的。而他想吃那就得买。没钱买那就先欠着。天经地义。再说了，三婆娘再不乐意赊账，不也已经让他赊三次了吗，再多一次又何妨？于是他轻快而矫健地迈开了步子，如同一个被请吃酒席

---

① 译者注：卖青指旧时贫苦农民把未成熟的庄稼预先作价贱卖与人。

② 译者注：押宝，一种赌博。

的官员。

但他刚走近狗肉店就听到三婆娘那刺耳的嗓音。一定是她刚逮住个吃东西赊了账就人间蒸发的家伙，现在才再碰到。真是倒霉透了。他迟疑着停下脚步，姑且先听听情况。老天，这罗刹似的婆娘还真是泼辣，她对人家说："吃饭不给钱，那每一口造的都是你子孙的孽，吃一口就低贱一等。这样还问心无愧吞得欢？"他长叹一声，转身走了。

此时他的脚步踉跄起来，只觉疲乏无力，手脚快要散架，像极了一个每到晌午就要吸上几口的瘾君子，时不时抬手掩嘴打个大大的哈欠，如同一头哞哞叫的水牛，泪水则唰唰往外流。穿过一片高大的竹林就到了田埂。太阳较清晨刺眼，但在秋日终归要柔和点。天气真好。水稻葱葱茏茏，微摇起涟漪如同久捂的肌肤突然被一阵清风拂过。美景如盛世美颜般引人入胜。老天，假若他不是一门心思就想着酒和狗肉！假若他不是受制于欲望无穷的肠胃！那日子该多舒坦！但他就是想喝酒想吃肉却喝不了酒也吃不了肉。所以他笃定生活就是这般痛苦，人生就是这般消沉。上天就如同一个打小缺衣少食的老太婆般刻薄。都秋天了还火伞高张，真让人难受。他脑袋歪向一侧肩膀，双眼迷蒙，好像边走边睡。

正当他真要睡着时，猛地就被吓得清醒过来——他刚晃荡进自家院子，一条正在院子边上的土堆上昏昏欲睡的狗倏忽一下冲了过来，冷不丁就朝他脚边啃了一口，吓了他一大跳，整个人蹦起来。这才突然想起自家还有条花狗！这狗太善于看家护院，所以常会连主人也猛扑过去咬一口。这真是个难以容忍的坏毛病，有谁养狗是为了让它冲着自己棍子似的腿来一口呢？对了，还一样：养猫还是养狗也得看家境，有钱人家养狗是应当的，因为富人毕竟有那么多好吃的让人垂涎，也怕被偷。但像他家这种一穷二白的，养来干什么？假若家里还有小娃娃，那养狗还顶用。但他家哪还有小娃娃，最小的儿子都三岁了，能自己走出院子了。今年米粒跟珠玉一样稀罕，吃饭都得数着米粒来分，就这光景，得多怪癖才会养一条无所事事的狗呢？理由够充分了，他为自己能想到这一点而高兴不已，脑袋用力点了几下。然后又抬眼偷瞟了一下那花狗。它又躺在香蕉树下昏昏欲睡。看来这家伙命数已尽。他找来一个箩筐，蹑手蹑脚地从那狗的尾巴后面包抄过去……“啪”！那狗吓得跳起来要逃，但太迟了……它被扣在了箩筐里动弹不得。此时抓它那家伙手忙脚乱地大声嚷嚷：“小子们！小子们！老子扣住那只狗了！”

他的孩子们正在院子里嬉闹，把叶鞘扎的小玩意往地上一扔，争先恐后还连滚带爬地闹腾起来，边跑边叫：“大伙快来！阿爹扣住那只狗了！啊哈！”

当爹的道：“你们几个都过来，牢牢压住这筐。”

女儿，大儿子，二儿子，小儿子，全都围拢了过来，有的拿手压，有的用脚踩，还有的直接坐上了筐底。当爹的找了根棍子来抵住那狗的脖子，好让它断气。这群孩子开始叽叽喳喳起来：“爹要宰了那狗是吧？”“对，爹宰了它吃狗肉。”“想吃吧，弟弟？”“爹会让我们一起吃狗肉的吧？”“我也想吃狗肉。”“对，爹会给你们吃，也给我吃。”“还有姐姐。”“小兔崽子都给老子安静点，狗要跑了谁都没得吃。”

孩子他娘赶集回来。因为想起孩子们，她眼里都是盈盈笑意。今天也不知哪来的兴致，她花了一分半给孩子们买了四根甘蔗，这已经足够阔绰了。上午她拿去市场的全部东西也就只卖了六分钱。那为何还如此挥霍？或许是因为今天天气凉爽，又或许是因为她太过心疼小儿子。每次母亲赶集回来，一听到哥哥们的欢呼他就尖叫起来，似乎不想哥哥们跑在他前面。有时他会哭，有时因为太拼，还会从连廊狠狠摔到地上。就算如此，当妈的也不得不十有九次朝他摊开空空的两手。女人啊，只要一想到孩子那张垂头丧气的脸就会泪如雨下。看着就心痛到断肠，但又能怎样呢？即便给他买礼物只花五厘，但米不能只买一毛九分半，因为家中每日用度不能超过两毛。所以再怎么疼孩子也只能藏心底。买礼物是件多难办到的事啊！但天气对人就有这么神奇的影响，今天这位可怜的母亲觉得整个人舒畅不少。盛夏酷暑逐渐消散，冬天刺骨的寒冷也还没来。天空湛蓝，风和日丽。微风拂过肌肤让人有种刚出浴的清爽。造物主真是仁厚，从不打压、恐吓世人，从而让人们对生活更有信心。当妈的想，这般凉爽的天气，干活也就当消遣了。然后她又想，如果甘蔗拿到市场却没人买，那还有谁会拿到市场卖。所以她大胆地花了一分半，选了四根又甜又长的甘蔗。等挑好她又开始心疼钱，回来的路上也一直记挂着这一分半钱。但她又想到小儿子，到时他就会兴高采烈地牢牢抓住几根甘蔗。所以也没什么好惋惜的，又没损失，惋惜啥？她的孩子们会把甘蔗都吃下去。

等到家她自己都激动到微微颤抖，嘴角不自觉地上翘。但没有听到孩子们的欢叫，也没有孩子迎上来。他们都去哪儿了？她一边唤着他们一边慌张地跑向池塘。哎呀，吓死个人了，孩子们都围拢在这儿了。但怎么菜刀和砧板横七竖八的，乱糟糟一地？

她诧异地看到孩子他爹正拿着把蒲草结，把一只炙过的狗放进水里[①]。什么事这么隆重？她正想问却忍住了，因为看到丈夫的几个朋友也在。啊算了，也许今天是有什么祭祀。她呆站在那努力地回忆。九月十五……不，不是，今天哪是什么祭日？心中的怒火噌一下冒起三丈，脸色青紫。她明白了，哪有什么祭供，就算有也不需要杀条狗。以往几时是要杀条狗才能祭祀的？穷人家不过就是供奉几碗饭几碗汤，充其量三毛钱也足够了，也算是没忘记列祖列宗，不至于被说不孝。哪用得着这般隆重？造孽啊，真是苦了她了。她这辈子是多不济才碰上这么个没心没肺、只惦记着吃喝的丈夫！这么大一只狗，这时候卖谁不得挣个三元钱？够全家吃上大半个月的米了！结果他一馋就把狗给宰了。花天酒地就是造孽。老天，这种吃法，跟吃自己孩子的肉有什么区别？她哽咽到不能自已，只想大吼一声，但碍于还几个旁人在场，只得咬牙作罢。但她也没心思站那看了，乒铃乓啷跑回家，把自己“咚”一声重重甩到无花果木床板上。多么沮丧啊！她只觉得这种无力感弥漫至全身……

过了很久丈夫才回来。他一边撩起衣襟擦手，一边笑容灿烂地问：“家里还有米吗？”

“哪还会有米！”

“那怎么办？”

“爱怎么办就怎么办！”

他面子上有些挂不住了。换作往常他早已一巴掌抡过去了。但今天这么做无异于在逐客。何况妻子正气头上，打她的话她一定嚷嚷地九条街都听到，惹人非议。他只能讪笑着讨好

① 译者注：越南烹制狗肉会先将整只狗放在火上炙再放到水里洗，以便除毛。

妻子圆场："孩子他娘，要不辛苦你走一趟去赊点米回来？"

"我没空！"

他已经火冒三丈，忍无可忍。他怒目圆睁地盯着妻子，恶狠狠威胁道："不知好歹的婆娘！"

妻子已经泪流满面。他知道自己稳赢了，只需再使点巧劲。他的语气立刻软了下来："这人怎么能跟螃蟹一样横呢？要知道，我难不成就想浪费钱？但一直都吃人家的，不回请一顿我这老脸往哪儿搁？碰巧那狗可能误吃了毒饵还是怎的也搞不清楚，今早先是抖得筛糠似的，然后就一直垂死挣扎……"

原来如此。她稍微宽了点心。其实她明白，这心不宽也不行。这家伙粗鲁得就跟狗似的，跟他拗就会招来一顿拳脚相加，对自己没啥好处。最终也还得弄够米给他做饭。她站起身，白了丈夫一眼，嘟嘟囔囔："籴多少？"

于是他的嘴脸立刻又灿烂起来："你看着办吧。客人三个，加我就是四个。还有你们母子。"

"咱娘几个还是忍着吧。最多也只能赊五毛钱米，谁还愿意多赊不成？"

"行，那就五毛。再跟阿宣妈说给我赊瓶酒，另外拿瓶鱼露，赊够一毛。"

这得赊多少样！她像失窃般嚷嚷起来。但也就算想去死都只能由着他。那就帮他买。然后要卖什么来还钱那就卖。还有得吃就吃，没得吃了就忍。当爹的都吃光孩子们就得饿死，大不了最后就全家老小一起上街乞讨……

现在一切都准备就绪。这狗有点瘦，但瘦也挺好。两大碗生红羹很是浓稠，预示着会是场尽兴的饕餮盛宴。为图省事，最好吃的那部分狗肉切好后，半生半熟地直接装进两个硕大的海碗。搞那些花架子齐齐整整地盛进碟子，得多少个碟子才装得完？炒锅蒸腾着扑鼻的肉香，哪需要另外舀起来还弄脏碗。在征得客人同意后，主人准备直接就把锅端上来，什么时候要吃就直接舀到现在用来装半生肉的碗里。这样更方便。两只碗就足够了。吃完再装。吃肉又不是吃碗，哪用得着那么多……他就一直这样碎碎念着，好掩饰自己这么做的真实意图，尽管并没人提出异议。大家心里也都有数，这家伙的全部家当也就这两个海碗而已。但只要能快点喝上酒，又有什么所谓呢。个个都快饿疯了，何况这热腾腾的狗肉真香极了，让人口水都要流下来。

主人轻舔了下嘴唇，扬起下巴问客人："都准备好了吧？"

"好了。"

"那端上来了？"

"行，端吧端吧。"

"注意，上菜咯！"

他扎着马步，曲着手肘，舌头像炎夏里的狗那样伸着，看架势像是要搬一个大石臼而不是一个木头桌盘。但其实这姿势表示郑重和喜悦。大兵阿佑举起左手当柄鼓，用食指当鼓槌，挺着胸边敲边呼："咚！咚！……咚！"

这是轿夫起轿的号子。主人小心翼翼地把桌盘托举到眼前……

"咚！咚！"意思是，走起。然后他们开始走。孩子们看到大人也玩跟他们一样的把戏，笑得前仰后合。他们像群苍蝇般一窝蜂拥入前屋。二儿子爬上通铺盘腿而坐，巴巴地等着。小儿子来不及爬上去，哇哇大哭。但孩子爹狠狠瞪了他们一眼然后呵斥道："你们这些小兔崽子！这是你们坐的地方吗？"

二儿子笑得比哭还难看，一骨碌滑下来。大儿子幸灾乐祸，一边羞弟弟一边讥讽他："丢人，让你坐那儿！丢人，让你坐那儿！"

但他很快也败兴了，他爹转身对着他也是一顿吼："还有你！还不赶紧带弟弟走！你们都给我回厨房吃饭去！"

等三个孩子都拔腿跑出去，他才把桌盘放到铺上，一边使眼色一边努嘴，忸怩作态地笑着，然后像已惯常出席大场面的长辈那样高声嚷嚷道："放肆！此处可是官老爷们饮酒的地方！对吧，诸位？"

徭役阿渠瘪嘴道："禀老财主，所言甚是！"

"对，要是的话也不过如此……请各位官老爷入席！"

三个客人入了席。主人在胸前双手合十，然后又伸右手挠了挠头，念念有词像拜请祖先前来享用酒席："列祖列宗，诸位也鲜有关照我们子孙，说是酒太薄。现在恭请列祖列宗慢走。"

"好！"

听到大兵阿佑这声模仿村长阿愕从喉咙深处吼出来的豪气的"好"，四人都乐不可支。主人把酒倒到两个碗里，两人共用一碗。一行人开始吃吃喝喝，说说笑笑快掀翻屋顶。

瘦骨伶仃的母亲和四个弱不禁风的孩子围坐在厨房的角落里。在这个家里，母子五人常常就像是手无寸铁的人民，在一个暴君的镇压下活得如同虫蚁。

看孩子们个个都哭丧着脸，当妈的心如刀绞。本就饥肠辘辘的人闻到狗肉的香味自然愈发饥饿。但孩子他爹和三个客人的宴席似乎就没有要结束的意思，想想就生气。可惜自己不能就这么死掉，否则她只想把脖子一勒去了算了。她哄孩子们说：“孩子们，再耐心等等。等他们吃完，还有剩的就我们吃。”为了让他们暂时忘却饥饿，她松开头发让孩子们围着抓虱子。哎呀，好多虱子。只拨开一小撮头发就已经看到四五个在张牙舞爪。女儿和大儿子、二儿子争相抓了起来。他们给小弟弟抓了几只最壮硕的玩。开始孩子们还觉得挺有趣，但不一会就玩腻了。小儿子先不干了。他拱进母亲怀里，蜷缩着撒娇道：“我饿！妈妈，饿！”

顷刻，其他孩子又一次想起自己极为饥饿的事实。他们也不给母亲抓虱子了，开始叹气，吞着黏糊糊的口水，一脸麻木。他们躺在地上掀起衣服露出肚子，一个个都快饿得前胸贴后背了。

母亲泪流满面。还好，父亲的声音在上面叫道：“丫头去哪儿了，来收拾碗筷，快！”

四个孩子都一骨碌爬了起来，眼里突然有了光。女儿响亮应了声“好”就跑了上去。大儿子、二儿子都眼巴巴蹲着等。不一会儿，女儿抱着桌盘进来了，她也像父亲刚才那样把盘子高举到眼前。弟弟们全都站了起来，摇着她就要去抢那盘子。她举得更高了，嘴里喊着：

“慢点慢点，别摔了……”

大儿子嚷嚷：“那就放下来啊！”

女儿仰起脸打趣道：“不放，不给你们吃。”

“信不信我们打残你？”

“那就更不给你们吃了。”

二儿子焦急到不行，沉下脸跟姐姐吵了起来：“就你花样多！放不放下来？”

女儿赶忙把盘子放到地上："喏，吃吧。"

她仰脸看着弟弟们，刺耳地笑着。母亲立刻像泄了气的皮球。盘里只几个空碗。小儿子哇一声大哭起来，躺地上开始打滚，脚蹬得像个垂死挣扎的人，手还把母亲给抓破了。母亲鼻子一酸，嘴巴一瘪痛哭起来，女儿和大儿子、二儿子也都跟着哭了起来。

1942 年

更夫[1]的资格

现在他真成了一个更夫。一个完全具备更夫资格，丝毫不比一个正宗更夫逊色的更夫：一样低贱下作，一样恬不知耻，一样贪得无厌。只要谁家锅碗瓢盆叮当响起他就会立刻出现。远远地杵在大门口一屁股坐下。人家单独给他端个桌盘[2]，他就厚颜无耻地坐那儿饕餮一顿，吃不完的统统打包，拿叶子捆成一个大腿那么粗的包裹带回家给老婆孩子。有时人家切肉、拆糯米他就凑到那儿，偷拿或者讨要一大包。他把两个大包裹都扔进自己那个去哪儿吃酒席都带上的褡裢里，一只手拎着褡

① 译者注：原文 Mõ 译成中文为“更夫”，在越南语语境中还包含有“下等人”，即“敲锣报时、传达信息”等“跑腿”角色之意。

② 译者注：越南传统习俗中，吃饭用一个圆盘当桌子，可以随时端着放地上或铺上吃。

裢，另一只拄着手杖，面泛酒足饭饱的红光，写满恣意和喜悦。到了农忙时节，他就扛根一端缠了几根绳子的尖头杆子，从这块田踱到那块田：“农忙了，在下来向老爷您求一束稻子……农忙了，来向大爷您求一束稻子……来求大娘、大哥、大姐一束稻子……”他嘴上念叨着，手则不停地拣，专挑饱满粒大的。管他是老爷还是大爷，大娘还是大哥、大姐，管他乐不乐意给，统统无视。管他老爷大爷大娘大哥大姐心疼不心疼呢。谷粒跟珠玉一样宝贵，但再心疼又能怎样？恁谁都像谷粒般缄默。俗语有云，贪婪得跟个更夫似的。如果他不贪，怎么会去做更夫？难不成自己还得放低姿态跟这么个更夫去计较？哈哈，就是吃定这话，他抓住了别人的弱点，所以愈发放肆。农忙结束就是春节。春节前，他就拄着手杖走在前面，老婆顶着个大箩筐跟在后面，挨家挨户讨碗饭。大年初一，父子俩就拎着包茶叶和五颗槟榔，到各个官员家里去拜年好混个宴席和红包。这包茶叶和槟榔就拎来拎去：有哪个官员会笨到收他的贺礼？都知道他也就只有这么一包茶，从这家拎到那家，等春节过后再拿去卖掉……就这样，大概初五初六，夫妇俩又出来讨一圈多余的粽子……

就这样，他自恃地位卑贱总去烦扰别人，以他人的不堪其扰为乐。许多人本就气恼，但更气恼的还是他对大方施舍的人就垂眉顺目，对拿不出什么来大方施舍的人就吹胡子瞪眼，相当无礼，真是极不知耻。每次他转身离开，那些女人们都对着他的背影瞪眼努嘴，骂骂咧咧：“天下乌鸦一般黑！难怪别人叫更夫。看着就招人烦。”

他们觉得老天是故意生他这么个人出来做更夫的。他在娘胎里就是做更夫的料，出了娘胎就成了更夫……

其实不是。阿路生于一个体面正派的官员家庭，三年多前他还被称为路大哥。路大哥善良得跟大地一样，打牌赌博、抽烟喝酒的毛病一概没有，一直勤勉劳作养活妻儿。父母双亡，妻子就跟条鱼似的无时无刻不在怀孕。前不久看她肚子跟个箩一样大，过阵子再见，肚子又开始隆起了。女人也太能生了。地少田薄，家产无几。路大哥是个勤劳的佃户，全靠自己卖力耕种。可以说，日子确实非常拮据。但拮据归拮据，路大哥心地很好。他一门心思干活养家，从没想过去偷去抢，绝对不会为了糊口去干些冒险勾当。左邻右舍有鸡、鸭跑了过来，或者香蕉、波罗蜜伸到了自家篱笆上，他都不会动偷鸡摸狗的心思。应该说，路大哥待人接物都很得体。所以村里上上下下、左左右右都很尊重他。

流安的基督教徒大概有六十口人。六十人聚居成大村子里面的一个小村子。除了赋税和徭役这类事务他们是和其他村民共同承担外，其他事务教民一律遵循专属条例。他们自行集会、宴馈，自行设置村内职务。他们的族长就像普通民众中的里长。族长之下就是教育事务官员，负责教孩子们读经。然后就是初级官员，也就是那些取得初学略要文凭[①]，已缴纳例钱并设宴递呈文凭的人。这些人都属官员一类。因为在基督教徒中做官不比在普通村民中做里长、副里长那般繁重耗钱，所以教民中过半数都是官员，仅剩下几十个壮丁。所以这些壮丁就必须轮流当兵夫[②]。现在有官有民，那就还得有个更夫才算完

① 译者注：越南法属时期一种学制，小学分为幼儿园、学前班、初级班、二级班一年级、二级班二年级、一级班共六个年级，完成幼儿园、学前班到初级班这前三个年级即可考取该文凭。

② 译者注：多指强迫下层民众到军队里打杂之类。

整。但去哪里找更夫？官老爷们于是想出个法子。更夫也不叫更夫了，他们管这叫“上座”[①]。上座专门负责打理教堂，还得挨家挨户去请人，但不需要卖力吆喝。虽然累但也不丢人。教徒中的壮丁轮流当上座，一轮三年。当值者地位跟其他人一样，期满后有钱或者有才想当官也可以。如此说来到也没多大损失。轮到就当，人人都一样……

但此后一年，一个居无定所，也不知姓甚名谁的家伙带着老婆寄住到村里。夫妻俩靠打零工为生，寄住在一个集市边上卖疳症药、各种小儿慢性病药和疥疮药的瞎老太婆家里。有天那女的不幸死了，因为夫妻俩都还没入籍，村里自然不让埋，左右邻居也坚决不让埋。他们还百般刁难，尽给那男的和收容他们的人找麻烦。走投无路之下，那男的便买了几十个槟榔揣身上跑去乞求基督教徒让妻子入土为安，他也申请入教。教民们接受了他，给那女的办了葬礼。顺便还想帮那男的一把，于是让他顶替原来的上座做了更夫，给了他教堂边上的几分地用来耕种，还给他钱盖了间小屋子。自那以后教民中的男丁不再需要轮着当上座了。就这样四十年过去，那男的也死了。他没孩子继承衣钵，上座这个位子就空缺了。男丁们早就忘记当年当上座的惯例了，只知道那上座就是个跟更夫差不多的人，现在肯定都执拗地不干。讨论来讨论去，各位官老爷突然就想起路哥来了，但都心里没底：

“倘若他能应承就太好了，这人认真、细致，还爱干净。”

“家里也挺穷，田薄地少。若应下还能多四分地，也能免除赋税。”

① 译者注：对僧侣之尊称。

“每次向教民征税还能再多给点钱……”

“说起来倒全是好处。但就怕他顾虑名声……”

“什么名声不名声的！打理教堂也算功德一桩，谁干不行。至于去请官员，自己确实是低一等，去请比自己高一等的人，难道不该？”一个老爷嚷嚷道。

为首的老爷抿嘴一笑，然后问：‘或者我们找他来，劝一劝试试？”

阿路来了以后，他们摆尽好处循循善诱。然后又极力解释说，当上座完全不是件羞耻之事，就是教民事务而已。谁都怕，都不敢担当，那就自己站出来是帮助所有教民，又不是自己贪图利益，自带槟榔来求着出嫁，还怕什么名声不好？

“不是这样的，路哥啊。倘若你是靠拉关系才争取到的话那还有话可说，但眼下你不是自己求上门的啊。是我们叫你干的，那你岂有不干之理？如此，所有长老、上上下下官员都会钦佩你心地善良……你就应了吧！”

阿路听着顺耳，就应承了。果然，没做多久，他家就不像以前那般拮据了，因为他非常用心。他们给的几分地他就精心耕种，种的几茬玉米和甘蔗都有好收成。他们给的钱他就拿来买豆渣喂猪，赋税分文不用给，挣多少就得多少，日子岂有不好过的？

这时其他人看到才悔不当初。他们觉得阿路这差事就是块香饽饽。都暗暗地嫉妒他，也用不着谁个发动，无形中他们就开始抱团解恨了。

讥讽之声很快就传开了，阿路能感觉到朋友们都在逐渐疏远他。那些晚辈提到他，也这厮那厮地叫。集会时如果他一时兴起插了几句嘴，很多人就会露出鄙夷的神情不屑搭话。这些变化他也有所察觉，开始心生悔意。但生米已经做成熟饭了，又能怎样？他无可奈何地咂咂舌，暗想：这三月里，一个两个三天也吃不上一碗饭，口水都要流出来了，就这模样还端架子！愤懑开始在他善良的心中萌芽……一天，在一场宴席上，阿路刚要入席，先坐下的另三人就噌一下站起来，剩他孤零零一人杵在那儿。他的脸唰一下红了，犹豫了一会儿也只好站了起来，一脸不自在地垂着头。主人家知道那三人是铁了心不愿跟这更夫坐。于是他另外找了个人塞进去坐满，安慰他道："您晚点再吃也行。"

阿路含含糊糊地应着圆场，然后趁没人注意偷偷跑回家。这件事他愤愤不平了许久。看到妻子也低下头不敢看她，仿佛她已经知道他刚才受辱的事一样。他长吁短叹，很多时候都想撂挑子不干了，把园子还回去，以免众人眼红到意难平。但想想又觉得挺可惜。他又咂了下嘴："管他呢！"他以为从此不再赴宴也就没事了。但苦就苦在，不去又不行。有宴席的场合，主人自然不愿让他走。办个宴席给全部教民吃哪说得过去，哪有单独给一个更夫办的道理呢？让他饿着肚子回去，他肯定背地里骂死自己，也让天下人指着鼻子笑话自己是个吝啬鬼……所以别人越是这么想越铁了心要留住他。没人想跟他一起坐，他只能自己一人一桌在厨房，或者找个隐蔽的角落……

一开始阿路以为这样兴许就相安无事了。但那些人坏透了，就是要让他出丑。办宴席的主人家，再隐蔽的角落都不免有人来往。每个人路过都要说一句："阿路，你这厮。"还有更过分的："哎呀，这么大一桌啊？到时就全臭了！"

啊，原来他们是这么激怒阿路的，太气人了。他咂了咂嘴暗想："想说，老子就让你们说个够！老子求什么！"他立刻把桌盘扛到院子里，放到铺板上，从容不迫地坐下。其实也不完全是从容不迫，他的耳朵红得跟鸡冠似的，脸上忸怩地恨不能找个洞钻，一边狼吞虎咽一边睥睨众人，一副老子谁都不鸟的模样。第一次过后他觉得也不过如此，第二次就轻车熟路些了，不再忸怩不安。第三次就完全得心应手了。他自己动手去扛桌盘，专挑大的让别人看着就嫉妒，以报复取笑过他的那些人。这就轮到主人家不乐意了。那家伙一个人吃还得要那四个人量的大桌盘！"妈的，难怪人都说，贪婪得跟更夫似的。"

啊，他们叫他更夫了，说他贪婪得跟更夫似的……既然如此，那就贪得让他们知道厉害！

自此以后，他不仅要求独占个大桌盘，吃的时候还不断要求添糯米饭、肉菜和白米饭，不端上来他就冲到后厨自己舀。能吃多少吃多少，剩下的统统打包回去给老婆孩子吃，如果老婆孩子也吃不完，那就留起来再吃上两三天……哈哈，真痛快！让那些家伙笑个够吧！

就这样，他的更夫事业风生水起。别人越是鄙夷他，越是侮辱他，他就越恬不知耻。呜呼！原来我们的敬重与轻鄙对别人的人格有如此大的影响；那些不知自重的人，只因没人尊重过他们。侮辱一个人是个让他自我作践的绝佳办法。

现在他可比正宗的更夫还要更夫了。他想尽一切办法纠缠别人。进了别人家，如果不甚合意，出到巷口就开始骂了，一气呵成："他娘的！对一个更夫都这么龌龊……"

1943 年

一顿饱饭

老太太一整宿都在哭号儿子。向来如此，但凡走投无路她就开始哭儿子，仿佛就是因为这个儿子她才得忍饥挨饿。倒也是事实。儿子呱呱坠地丈夫就死了。她勒紧裤腰带数着米粒把儿子拉扯大，就是盼着自己将来老病时能有个依靠。结果还没等她指望上，儿子突然就一命呜呼了，一辈子的含辛茹苦付诸东流。

儿媳也极不像话，对年迈的婆婆无半分怜悯。丈夫葬礼一结束就急急改嫁了，还把五岁的女儿扔回给婆婆抚养。老太太都快七十的人了，还得辛苦赚钱替他们养孩子。为儿孙耗尽毕生心血，到头来却没谁可以指望。

抚养了七年，一直拉扯到孙女十二岁，老太太就卖她到别家做养女，赚了十元钱回来。给儿子改葬就花了八元，剩下两元当本钱做点小生意，一天赚个三五分养活自己——来回奔波于各个集市，跑得磨破鞋底每天也才挣个几分钱，更别提什么享福了！就算如此，老天也没打算让她安生。去年让她狠狠大病一场，九死一生还倾尽所有积蓄。命是捡回一条但也就只剩半口气了，双腿颤颤巍巍，时不时整个人就瘫软下去，一站起来两眼就直冒金星。晚上躺着就全身酸痛，没走几步就疲惫不已。这还怎么去做买卖，想到烈日狂风她都怕。

但她总得吃饭。老天，倘若人不用吃饭那省了多少事！饭又不会自己跑进嘴里，手停口停。但现在虚弱成这样，哪还干得了重活，更受不了风吹日晒雨淋。她不得不找家务活来干，那种可以待在屋里干的活。在村里这种活也就只剩带娃了，本来是那些十一二岁的小毛孩干的。一开始还有很多人想请，都觉得老太太干活更稳当，吃得也不多，半碗一勺怎样都够了，就算吃不饱也不会瞎嚷嚷，不会像那些个小毛孩一样憋火，动不动就把主人家的事到处去说给邻居听……但请了没多久，人家便觉厌烦了。他们发现，还是请个小毛孩更好，年纪小好欺负，自己生起气来想在脑门上敲几下就敲几下，没人会说恶毒。但老太太头发都白了，就算气到吐血，也不敢摁着老太太脑袋敲一下。也骂不得，骂一句都足以背上恶名声。老太太又那么健忘，迟缓而呆板，摸摸索索跟个瞎子一样。捧碗饭到嘴边手都是抖的。饭粒撒一地，鱼露就滴到盘子上，滴到自己裙衫上，滴到怀中孩子的头发、口鼻、衣服上。而且稍有变天就这痛那痛。晚上彻夜长叹，哭天抢地地哀号，有时还痛哭亡子，听得人毛骨悚然。如此这般让人如何忍受？就这样人家还得找个借口赶她走，她只能又蒙骗另一家收留她……不到一年她已经换了五六个主家了，换一个主家就降一次工钱。起初一个月一元，然后一个月五毛，再就是一年四元，接着是一年两元，最后一个子儿都没了。到这般田地也没谁能忍：最后一个主家有天叫她拎两个桶去打水，她说，自己只能拎得动一个。主家已经觉得窝火，但忍了。可就一个桶也还没完，老太太汲了水，从架在水塘边的踏板刚要上岸，也不知道抖或什么样就摔倒了，打烂了水桶还摔断一只手。听到老太太的呼号主家还得跑出来扶她回去。从此就再没人有多余的食物来供着老太太了。主家给了她五分钱，打发她回家歇着去了。自那天起到现在也有三个月了。

三个多月来，老太太每天都只能吃模子糕。一开始一天还能吃上三块，后来就一块都没得吃了，因为没钱了。每个早上她就去集市，求这个人给一口，那个人给一块。但谁又是天上掉钱的主，能天天这么白给呢？同情心也是有限度的。这几天老太太只能挨饿。因此她又开始哭号儿子了，号得凄惨无比，一哭就是一个通宵，哭得仿佛要把自己化成水当眼泪哭出来。快天亮时，她没力气哭号了，躺在那儿前胸贴后背地琢磨着。有人说，饥饿时人的头脑更清醒，也许是对的。因为老太太突然想出了个办法。她起身往外走。

她没走几步就得坐下休息。休息很久，心跳才能不像打鼓一样，耳朵不那么轰鸣，眼睛不那么迷蒙，整个人才慢慢缓过劲来。她就这样休息了五六次，所以走到要去的地方时都快晌午了：她要去收养了丫头的官太太树夫人家。打小老太太就习惯了这么叫她——丫头就是她那抢了她功劳却先走一步的儿子的孩子。她儿子入土为安抛下一切身后之事，也就不需要挨她现在这样的苦了。

在树夫人家巷口坐着休息时，她又想起了儿子，又嫉妒他一次。树夫人家巷口有棵粗壮的无花果树，老太太就这样背靠树干坐着。从巷口往家里走得经过两道门，得大声喊里面才能听到。她哪还有力气喊？更何况她的声音尖厉，稍提高点音量就能穿人耳孔。而有钱人家的狗又凶猛异常——树夫人家就养了几条膘肥体壮的，阉割时被人撒了些磨碎的瓶子屑进去，等伤口愈合就把碎屑也一并吸收进体内，让它们此生都痛痒难耐。这种痛苦可让狗遭了罪了，它们气恼，痛苦，暴躁，见人就想猛扑过去咬掉一口肉解恨。

树夫人家那些狗可真是凶极了。老太太想想都怕得要死。那次送丫头过来，一个家佣得拎根硕大无比的木棒守着，就这样那三条狗都还喘着粗气扑过来，围着衣衫褴褛的老太太，全都弓背匍匐，黝黑的狗嘴恶狠狠地龇着，露出锋利而白晃晃的尖齿。棍子的阻挠让它们愈发愤怒，在边上暴跳如雷，直扑过来，把木棍啃噬得咯吱响，还用力甩动仿佛要统统咬断，好扑向她们的脑袋……老太太和孙女抖得像筛子，孙女躲向老太太，老太太躲向树夫人。家佣则一直前后左右地挥动着棍棒，骂骂咧咧。就这样还是有只冲了过来，眨眼工夫对着老太太的腿就是一口，还好家佣及时驱赶，狗嘴才只是狠狠撞了下老太太干瘦的小腿。太吓人了……所以谁敢叫？那些狗耳朵都灵得很，腿脚也快，一起冲出来就有她好受的了。所以老太太只好坐着等，说不定丫头抱着小孩出来玩呢，或者家里有人出去，又或者哪个强壮的男人要进去，自己好跟在后面。老太太就这么呆坐着，如此这般地想着能碰上运气。但唯独一样她没想到，那就是树夫人自己出来，或者从哪儿回来——是的，树夫人正好赶集回来了。她乍一看以为是哪个叫花子，皱着眉道："谁啊？坐在那儿想干什么？小心那狗冲出来咬掉块肉，谁这么大胆？"

老太太转过身来，瘪嘴笑答："您赶集回来啦？"

树夫人睁大布满红血丝的双眼仔细打量了好一会儿，才认出是那丫头的奶奶，脸立刻拉了下来——这老东西还来啰唆些什么？难不成想多要点钱？老太太"嗬哟"了一声，手撑膝盖颤颤巍巍地站了起来。树夫人问："您有何贵干？"

老太太又"嗬哟"了一声开始说话（她的"嗬哟"就跟其他那些动辄唉声叹气的人一样，已养成习惯）："禀夫人，我来见见孙女。这么久都没能回趟家，小的很想她。"

"哎哟喂，还会拐弯抹角！那丫头是来干活的，还有空让您见见？我家可没闲饭给她吃了好痛痛快快地玩！您要想见就立刻带她回去，给她口饭吃，祖孙俩好好见上几个月见痛快了，再让她过来。老娘不留她，你是觉得她已经给我堆出金山银山了不成，啊？"

树夫人得开腔就撂几句狠话好断了别人念想，免得老太太纠缠。老太太受这么一顿劈头盖脸的刻薄数落，果然哑口无言。她垂着头，如同一个偷稻子的婆娘被抓个现行。树夫人啧啧咂着嘴，高傲地仰脸道：

"玩什么玩！那丫头刚来的时候看着就像一条枯死的蚯蚓，鼻涕都还擤不干净呢，也没听你说要见一见。现在在别人家养那么久好歹算是圆润点了，结果就想翻脸。还以为如宝似玉呢？以为人家非得牢牢抓住不成？嘁，又不是别人祖坟人家凭什么要牢牢护住？想拉她回去送别人家当祖宗供起来你就拉，谁稀罕？把钱还回来！”

老太太眼泪汪汪，可怜见的，自己哪里有这么狡猾的心思？她瘪嘴欲哭：“禀夫人，您这番教训就真的是冤枉小的了。老天让小的活到这个岁数，小的还敢欺瞒不成？苍天在上，假若小的真有意来此哄骗孙女回去另卖他家，我就不得好死！小的就恳请夫人让我见见孙女，让我们祖孙二人说上几句话。可能过不了多久小的就两腿一伸了，小的也想倚老卖老一次……”

“她可没工夫见你，瞎晃悠什么！您既然都不请自来了那就进来，给你顿饭吃。往后别给我耍滑头。我们家可容不下你们这般没规矩的！我儿在河内求学，难不成我也今天去见一面，明天去耍一趟不成！都卖到别人家了还不知道个规矩……瞎晃荡！”树夫人的嘴又啧啧几下，撇向一边。

小丫头突然见着了奶奶，兴奋得手足无措。可笑着笑着却不知道为什么又哭起来。但树夫人那双眯缝的鹰眼把她的泪水都吓回了肚子里。她感到极其不自在，也不敢再缠着奶奶撒娇，低头轻声问：“奶奶要去哪儿？”

“我就来这问夫人要口饭吃！快饿死了！”

老太太用戏谑的口吻说出了很实在的一句话。人们管这叫半真半假。一种通过半遮半掩来粉饰自己真实意图的方法。丫头抱着孩子拉着奶奶走出耳房边上，避开旁人打探的目光：“奶奶您脸色看起来好差！怎么瘦成这样？”

“没什么，孩子，就是有点饿。”

“现在您给谁家干？”

“没给哪家干。”

“那还是去做买卖？”

“哪儿来本钱做买卖啊。而且就算有也做不了了，整个人虚弱得很。”

“那哪儿来钱吃饭？”

“忍着呗，不然能吃啥？”

祖孙俩才聊没几句，就听到树夫人那刺耳的声音在问：“那家伙抱着孩子去哪儿了？”

那表示她准备唤人了。小妮子赶忙把孩子往地上一放：“奶奶您先帮我抱着”。

她解开裙带掏出一个小小的兜，里面叮当几枚钱币。她倒出来，拿了两分钱，塞给奶奶：

“这钱孙儿孝敬您买模子糕，您赶紧回吧！”

树夫人开始不耐烦：“那丫头去哪儿了？赶紧把孩子抱回来，收拾桌子准备饭菜！”

“好的。”

丫头抱着孩子匆匆跑回去了。老太太怕狗，紧紧尾随孙女。树夫人见状大为恼火，吼道：“您别老追在她屁股后面，找地方坐着等饭吃，胆子小成这样！”

“好……”

老太太的“好”都成呻吟了。她走进屋里，在角落找个地方一屁股坐了下来。树夫人接过孩子，小丫头快步跑下楼。不一会儿工夫就传来乒铃乓啷的碗筷声。树夫人道：“你去吃饭吧。”

然后树夫人抱着孩子往外走，老太太赶忙跟上。纺机声都停了，织布那几个姑娘都是树夫人的女儿或者养女，围着放在地上的桌盘都忙得不可开交，这个盛饭，那个布菜，还有的分鱼露。全部人就围着这一个桌盘坐下。老太太也不用人说，挨着孙女就坐了下来，颤巍巍的手拿着筷子比画[①]。看老太太选筷子都那么刺眼，树夫人想猛扯一下解解气，但她忍了，只是咂咂嘴怒目而视，一脸不悦。小妮子心下自然明白，所以只低头看地板，很是生老太太的气——都让她走了还不肯走……

树夫人一声不出，捧起碗就开始吃，依然面有愠色。女儿、养女、丫鬟个个都心照不宣，赶紧照做。动作再慢点，被树夫人骂了就知道厉害了，保不准还会被她直接把饭扣到脸上。老太太往四周扫了一眼，也捧起了碗："请夫人……"

但她一张嘴，树夫人就板着脸咆哮道："免了，您吃吧，请什么请。"

老太太赶紧吃了起来。但她们都吃得太快了，没人出一句声，个个都埋头专心吃饭。这双筷子起那双筷子落，就这样齐整地起起落落。老太太笨手笨脚也不知道何时才能插缝把菜蘸到鱼露碗里，哆嗦不止还把鱼露都溅了出来。树夫人又蹙眉厉声道："另外给老太太一碗鱼露放桌子边上！"

一个姑娘赶忙照办。就这样老太太才算能快点把饭菜扒进嘴。但她还没来得及再盛一碗，树夫人就已经把碗筷一扔了。不一会儿，其他人也都放下了碗筷。几乎都是吃了一碗就停筷，整齐划一得仿佛当妈的都这么教的。事实上，按规定每人也就只能吃三勺饭，还得尽快吃完好干活。但老太太这样的穷人家，从没那么多规矩，哪想到油钱富足的人家还会这般限制饮食？她猜想是她们挑食，饱撑饥饿[②]。被饿怕了的人好不容易吃上一顿，自然怎么吃都不觉饱。但终日饱食的人哪还需多吃。所以老太太就埋头吃，吃得奇饱无比。都这么来讨吃了，

① 译者注：多款筷子混用时，需要比一比好挑出一双齐整的。

② 译者注：指饮食没有节制，多时泛滥，少时窘困。

那吃多吃少都是吃。这名声怎样都会传开的，何苦还要笨得忍饥挨饿？老太太继续铆足劲吃。小丫头难为情极了，伸直脖子瞪着眼，连忙吞下剩余的几口饭如同雏鸡吞小蛙，然后也放下碗筷。老太太对孙女说："再吃点吧，孩子。锅里还有饭。拿我的碗去再盛点。"

小丫头还不及回答，树夫人就恶声恶气道："别管她，她不吃的了。你想吃多少才够就吃！"

啊，这时老太太才发觉，其他人都已经站起来了，只有她还在坐着吃，还有又坐下来在那儿翻白眼的树夫人。但老太太还是觉得饿。锅里还有饭，放着不吃的话也是浪费。何况都已经来蹭饭了，那还在乎什么名声，把自己当客人？老太太装聋作哑只埋头猛吃。等稍微有点饱的感觉了，饭也正好吃光。还剩了些粘在锅底和锅壁上的，她也觉得可惜，直接把锅抱到胸前看了看，然后对孙女说："还有几粒，放着会干的。我刮下来给你吃干净吧，别浪费了，丫头？"

"干了就干了！你要吃得完就吃，别拉上她，她吃不下了，吃到肚子都撑爆还吃什么吃？"树夫人随即暴跳如雷。

行，那就吃光它。老太太把锅刮得咯吱响，拌点鱼露继续吃得一粒不剩。老天，总算是饱了。她突然意识到自己吃太饱了。肚子有些气不顺，她松了松腰带方便喘气。背靠着墙好呼吸得顺畅点。她大汗淋漓，觉得疲弱无比。五脏六腑翻江倒海，她只想四仰八叉地躺倒，但又怕被人笑，只能强忍。老天，老弱真是太痛苦了。饿也苦饱也苦。饿着肚子人是散的，吃饱了结果比饿肚子时还难受。老天……

那日，天都快黑了她才走得动。她说，晚点走免得太阳晒，其实是肚子胀得走不动。她喝了很多很多水，怎么喝都不解渴，只觉得肚子愈发胀气。那天晚上她辗转良久都睡不着，只好捧着肚子走来走去。肚子如水壶般咕咚作响，硬挺挺的。老太太吭哧喘气。约莫到了半夜，肚子开始疼，疼痛一阵阵地愈发明显，愈发强烈。不一会儿已经觉得开始绞痛，然后剧痛。接着是上吐、下泻。老天，吃得还没吐得多。她只觉昏天暗地。等不再腹泻，又开始出现示痢的症状。肠胃绞痛，稍微吃点东西就疼痛难忍。就这样整整折腾了半个月，老太太死了。

树夫人听闻这个消息便道："她是撑死的。"然后立刻用老太太的死来告诫女儿和下人们："都看到了吧，一个人饿再久也不会饿死，但一顿饱饭就撑死了。看你们这些个家伙还敢不敢连钵都要吃下去……"

1943 年

老　鹤

老鹤吹了吹稻草制的火绳，点燃火引。我通了通烟筒，倒掉烟草灰。我请老鹤先抽，但他执意不肯。

“先生请吧。”说着把烟筒递给了我。

“那谢谢您了！”

我接过火引，摁进一丸烟草，深吸了一口又通好烟筒，才递到老鹤手中。老鹤把烟草灰扣掉，但没急着抽。他拿着火引，掸掸灰道：

“先生啊，我可能要卖掉那狗。”

老鹤端好烟筒吸了起来。我一边吐烟，一边眯着仿佛微醺的双眼昏昏欲睡，盯着老鹤摆出一副注意到了他这番话的模样罢了，事实上完全不当回事——这话我耳朵都已经听出老茧了。何况我觉得老鹤也就说说而已，他才不会卖狗。再说了，就算真卖了又如何？一条狗有什么大不了的，让老鹤挠心挠肺成这样？

老鹤也抽完了，急急放下烟筒，把脸别过去吐了口烟。一筒水烟过后，人会在短暂的眩晕中飘飘欲仙。老鹤静静坐着，享受这片刻的欢愉。我也静静坐着，想起自己那珍贵的几本书。在西贡病重时，我几乎把细软全变卖了，但书却一本都舍不得。痊愈后我回到乡下，全副家当就只有一个装满书的皮箱。这些书可真让人爱不释手！我曾希冀此生都能留住它们，以纪念那段为了美好高远的信念而全情投入，充满激情且坚定无比的时光：每每翻开书本，还未读一个字，就已能感觉到内心如黎明破晓般澎湃，脑海浮现出二十岁那干净纯粹、敢爱敢恨的模样。但生活的苦难不会只有一次。每次在人生路上跌入泥泞的深潭、卖掉所有能卖的之后，我也只得开始卖书。卖得只剩五本时，我下定决心就算死也不卖了，但最终还是卖了——就在一个多月前，我最小的孩子得了痢疾，都快不行了。不，老鹤啊，我们哪有资格给自己留些什么？老鹤对这条唤作阿金的狗的珍爱，不正是自己对那五本书的珍视吗！

我心里如此这般地想着。不知老鹤又在想些什么。

忽然他开口了："先生你看，快一年了，我儿子都没寄半片纸回来！"

啊，原来他想起儿子了。他离乡去种橡胶已五六年了。我刚回来的时候他刚结束一段工期。老鹤带着他的信来找我帮忙读。但他又申请多干一期……老鹤紧接着向我解释为什么会讲着那狗，然后又把话头转向儿子："那狗是我儿子买的……他买回来养着，本来说结婚时要宰了吃肉……"

唉，世事往往如此，想做的事却从来做不到。两个深爱彼此的年轻人，女方父母看这情势也就同意了婚事，但开出的条件很苛刻：仅是现钱就要一百元，另外还要槟榔和酒。再加上办婚礼，少说也得花上两百元。老鹤实在拿不出来。儿子打算卖掉那块地，咬咬牙凑齐这个数。但老鹤不肯，有谁会卖园子娶老婆呢？再说，把园子卖了，老婆娶回来又住哪儿？更何况说白了，如果女方家执意索要这么多，那就算卖了园子也还不够结这婚。老鹤心下明白，但也不敢硬来。只能想着法子向儿子动之以情晓之以理。他劝儿子忍痛退了这门亲事，再忍一段时间，看能不能找到家彩礼要得少一点的再说。娶不了这个咱就娶另一个，这个村子又不是姑娘都死光了，有什么好担心的。谢天谢地，儿子还是很通情达理的，看父亲都这么说了，也就很快断了念想，闭口不再提婚事，但一脸忧伤。老鹤知道他心里一直想着那姑娘，也很是心疼儿子，但又能怎样呢。那年 10 月，人家姑娘出嫁了，许配给了副里长的儿子，一户富裕人家。老鹤的儿子心生愤懑，几天后就去了省城的募工局，带上证件，递了申请去橡胶园做工。

老鹤老泪纵横道："先生啊，他走之前还塞给我三元钱。也不知道他抵押证件预支了几块钱出来，就给了我三块。他把这钱塞给我说：'这三元钱儿子孝敬父亲买点好吃的。一直以来儿子在家也没能尽什么赡养义务，那这次离家也不用太担心。您在园子种点东西再帮人打点零工怎样都够养活自己。我这趟是铁了心要赚到钱的，什么时候赚够一百元才回来。没钱就这么艰难地在这个村里度日如年，实在太窝囊了！'我也只会哭了，哪知道该怎么办。他的证件让人家押了，样子也让人家拍了，还拿了人家的钱，他已经把自己卖给别人了，哪还是我的儿？"

老鹤啊，我总算是明白为什么他不愿卖掉自己的阿金了。他身边只剩这么一条狗陪着了。妻子早已离世，儿子杳无音信。年纪大了白天黑夜都一样，一直孤零零一个人，换谁都觉苦闷吧。这时候有条狗做伴多少也能好受一点。他唤这条狗叫阿金，如同一个女人爱怜地呼唤求嗣得来的孩子。偶有闲暇时，老鹤就会给那狗抓虱子或者带它去池塘洗澡。老鹤就像大户人家那样给它一个碗吃饭。自己吃什么它就吃什么。晚上老鹤喝酒，他就在老鹤脚边蹲着，老鹤自己呷几口就会给它夹上一口，就像人家给小孩子夹菜一样。然后又嗔骂几句——老鹤跟它说话就像跟小孙子讲起他父亲。

还记得你爸不，嗯，阿金？你爸已经很久没写信回来了。他去了大概也有三年了吧……三年多……都快四年了……也不知道你爸年底能不能回来？如果他回来，娶老婆时就会宰了你。那时就有你好看的了！

那狗依然翘着狗嘴望着他，一脸茫然。老鹤瞪了它一眼，直勾勾盯着它大声恐吓道："他会宰了你，知道吗？要我说就随他去！"

那狗以为主人在骂它，奋力摇起了尾巴讨好主人。老鹤呵斥得更大声了："还高兴？还摇尾巴？摇尾巴也要宰！让你完蛋！"

看老鹤这副气势汹汹的样子，那狗一边摇尾巴，一边就想逃。老鹤赶忙一把拉住它，托着它的脑袋，轻轻抚着它的背柔声道："不会不会，不会宰了阿金的！我的阿金最乖了！爷爷不会让你被宰的……爷爷留着阿金，自己养！"

老鹤放开狗，举起酒杯凑到嘴边呷了口。他怔忪了一会儿，突然长叹了口气。然后喃喃自语地算了起来——他在计算替儿子打理园子攒的钱。

儿子走后，老鹤就对自己说：这园子是唯儿子的。是他娘在世时勒紧裤腰带，省吃俭用一辈子，才攒够五十元钱买下的。那时候东西都还算便宜。他娘买的，那就归他。之前他想卖我不让，是因为想替他留着，难不成是想替自己留着？他没钱娶老婆，一气之下离开家，攒够老婆本了才肯回来。我耕的是他的园子，就该替他把钱都攒着。等他回来，如果钱不够娶老婆那我就帮补点，如果够就把这钱给他们夫妇做安身的本钱……他是这么告诉自己的，也正是这么做的。他靠打零工为生，园子收成所得全部另外攒起来。他想当然地觉得，等儿子回来自己怎样也能攒够一百元……

老鹤心灰意冷地摇摇头："可现在一个子儿都没了，先生啊。我就只是病了一场而已，整整两个月十八天，先生啊。两个月十八天，一分钱都赚不到，还要吃药、吃饭……您算算这得花多少！"

大病一场后，老鹤惊人地虚弱，再也干不了重活了。村子里没了织机，也就无法纺布了。村里的女人们有的是时间，所剩不多的轻活她们早抢着干完了。老鹤实在没活可干，还遇上连日暴雨，庄稼都被糟蹋得一干二净。下雨那天起至今，老鹤的园子就颗粒无收。家中大米也一天天渐少，一人一狗每天也得吃上三毛钱米，却依然饥肠辘辘。

"先生你是不知道，那狗可比我还能吃。每天最少也要一毛半到两毛。再这样下去我上哪去找钱养活它？给它吃少了它就会瘦下来，卖的话就亏，岂不是白忙一场？现在它还膘肥体壮，能卖个好价，人家也喜欢。"

老鹤顿了顿，咂咂嘴道：“算了，赶紧卖了得了，能省一分是一分。现在花一分也是花儿子的钱，都花光那不是要了他命！我现在哪还干得动！”

次日，老鹤来家里找我。一见我就说：“先生啊，阿金投胎去了！”

“您卖了？”

“卖啦。他们刚抓走。”

老鹤极力想表现得轻松。但他笑得就像瘪嘴，泪水直在眼眶打转。我想抱抱他让他痛痛快快哭一场。此时我不再像之前那样只心疼自己那五本书了，而是愈发怜悯老鹤。

我只能没话找话：“那它肯被抓走？”

老鹤的脸忽地皱成一团，脸上沧桑的沟壑紧紧挤在一起，挤得眼泪唰一下喷涌而出。他把脸别过去，像个孩子一样撇着干瘪的嘴唇，呜咽地哭了起来。

“真是造孽啊，先生。狗子哪知道什么！我一叫它就立刻跑过来了，兴高采烈地摇着尾巴。我给它饭，正吃呢，躲在家里的阿目就在它后面，抓住两只后腿把它撂倒，然后和阿串一起，两个小伙子忙活了几下就把它的四只脚牢牢捆住。这时它才知道自己要完蛋了，唉，先生啊，这狗也是有灵性的！它就是在怪我，嘶声悲鸣，看着我好像在说：‘啊，你这老东西也太寡情了！我如此对你，你竟这般待我吗？’没想到我都这把岁数了还去骗只狗，它也没想到我竟忍心骗它！”

我安慰道：“这都只是您想的，狗子哪这么多心思！再说了，谁家养狗不是为了卖掉或者宰了？咱宰了它们是在给它们化劫，好让它们早日投胎。”

老鹤不无酸楚道：“您说得是！狗生是很苦，咱超度它们，让它们来生投胎做人，走运的话还能过得好一点……比如做个像我这般的人！”

我伤感地看着老鹤道：“谁的人生都一样，鹤伯！您觉得我就能过得更好吗？”

“那就不知道如果做人也这般痛苦的话，那做什么才能真正快活？”

老鹤笑了，哼哧咳了起来。我拍了拍他瘦削的肩膀，柔声道：“没谁的日子是真正快活的，但有一样：您现在先坐铺板上歇会儿，我去煮几根红薯，搞一壶新鲜浓稠的甘蔗汁。咱爷俩吃红薯，喝蔗汁，然后抽水烟，这就叫快活。”

“对，先生说得极是！对咱来说这就是好日子了。”老鹤说罢憨憨地笑了起来，笑地有些勉强，但听着也好歹平复些了。我高兴地说道：“这不就得了，不然呢？那您先坐会儿，我这就去煮红薯，做甘蔗汁。”

“我说笑的，要不咱下次？”

“还等什么下次啊？及时行乐啊。您就在这儿坐着，我手脚麻利着呢。”

“我知道，但我还想拜托您一件事。”老鹤的表情凝重起来。

“啥事，您说。”

“您让我慢慢讲，这事有点啰唆。”

“行，您请讲。”

“事情是这样的，先生啊。”

老鹤开始讲，细声讲了很久很久。但大致上可以概括成两桩事，第一桩事：他已经老了，儿子又不在家，何况仍少不更事，如果没人扶持，很难守住这个园子，在村里站稳脚。我乃有文化有见地之人，旁人都敬我几分，所以他想把他儿子那三分地托付予我，写张田契过名给我，就没人再敢觊觎。等老鹤的儿子回来就可以拿回来耕种，田契依然写我名字也没问题，等于是把他儿子也托付我照顾。第二桩事：他身体已非常虚弱，不知道几时就会两腿一蹬。儿子又不在家，假若真的去了也不知谁能替自己料理后事，如果要给邻里添麻烦那他死也不瞑目。他手里还有二十五元钱，加上刚刚卖狗得的五元就是三十元，想都交给我，哪天他去了，我就拿出来请村里人帮着料理后事，就说老鹤仅剩这点积蓄，如果不够还请大家多担待。

我扑哧一声笑了："您怎么想得这么远？您还硬朗着哪，哪谈得上什么死不死。您就留着这钱自个花，真到那个时候也值当！何苦现在忍饥挨饿也要把钱留下！"

"不行，先生啊，这么花销下去，等我真的两腿一伸了，拿什么来料理自己的后事？话虽如此，但我替他打理这园子赚的也全都花光了，他还没娶妻生子，万一他没赚够钱，又把园子给卖了怎么办！我求求您，结草衔环报您大恩大德，您如果可怜我这年老体弱的境况，就让我把这些都托付给您吧！"

看老鹤一直苦苦哀求，我只好收下。等他转身离开时，我还多问了一句："您攒的一分一厘全都给了我，那您日后拿什么养活自己？"

他惨笑着说："没事，走一步算一步。怎样都过得去。"

那几天，我看老鹤都只能吃红薯，很快红薯也吃完了。从那时起老鹤能找到什么就吃什么，有时是几把香蕉，有时是水煮无花果，有时又是雷公根，偶尔也能找到些芋头，或者蚌和螺。

我把老鹤的事跟妻子说了，她蹦了起来："那就让老鹤去死！谁让他明明有钱还要受苦！再苦也是自己找的又不是别人给的！我们的日子就过舒坦了吗还帮他？咱自己的孩子都还挨饿呢！"

天啊，如果我们不用心去发现、去了解自己身边的人，往往会觉得他们种种乖僻、愚昧、吝啬、丑恶、卑鄙，尽是些让我们残酷冷血的借口。我们从不觉得他们可怜，也从未可怜过他们。妻子不是个恶人，但她自己也太苦了。一个脚痛的人又怎会忘记自己的伤痛，转而关心其他事呢？一个自己都过得很苦的人，又怎还有余力替他人着想呢？人性美好的光辉都被操劳、苦痛和自私所掩盖。我懂，所以只是觉得痛苦但不忍发火。我偶尔也背着妻子偷偷接济老鹤。但似乎老鹤也知道妻子不愿我帮他。他近乎以一种自大的态度一概拒绝我给的东西，渐渐疏离我。

我以为是老鹤不懂我，这让我越发郁闷。那些自尊心太强的穷人就是这样，容易委屈，所以也容易伤心，别人很难做到让他们满意。一天，我把这事向兵哥阿思抱怨。他是我另一个邻居，以偷盗为生，觉得老鹤太过善良而不很喜欢他。

那家伙撇着嘴说："老鹤那都是装的！实际上他只是嘴上不说，其实一肚子坏水，能好到哪去！他刚刚问我要了点毒狗药。"

我瞪大眼睛，有些愕然。那家伙压低声音："那老东西说，不知道谁家的狗总跑到他园子里去，他打算抓来美餐一顿。如果抓到就请我喝酒。"

老鹤啊老鹤，现在难道连老鹤也像其他人那样钻营了吗！

这样一个人！一个因为骗了只狗而痛哭的人！一个因为不想麻烦左邻右舍，哪怕忍饥挨饿也要留着积蓄给自己料理后事的人！这么一个值得敬重的人，为了口饭也终于是步了这兵哥阿思的后尘吗！世道果然是一天比一天悲哀啊。

不，这世道并不全然只剩悲哀，或者说确实是悲哀的，但是另一种意义的悲哀。从阿思家回来没多久，我就听到老鹤家那边乱成一锅粥。我赶忙奔过去。比我先到的几个邻居在屋里大声嚷嚷。我径直冲进去，看到老鹤正在床上翻滚，披头散发，衣衫褴褛，两眼如铜铃般瞪着。他大喊大叫，口吐白沫，整个人时不时像被谁猛扯一下那样弹起来。两个彪形大汉不得不坐到老鹤身上压住他，就这样挣扎了两个钟才死去。这种死法真是惨烈。除了我和阿思，没人知道老鹤得的什么病会死得这么突然且痛苦——但何苦还说出来呢。老鹤啊，您就安心上路吧，别担心您的园子了，我一定尽力守护。等您儿子回来了，我会交回到他手上然后告诉他，这是你生身父亲拼尽全力替你护得周全的园子，他宁死也不愿意卖掉一寸。

1943 年

多余的人生

阿慈抬头看了阿户三次，却都怯生生地欲言又止。阿户正全神贯注于书本，浓眉颦蹙歪向一边，双眼炯亮外凸，宽阔的额头紧皱，两颊深凹衬得两颧更加高耸，跟高直的鼻子一样泛着油光——这么张憔悴的脸庞深埋进书本，全身上下都冒着股勤奋的狠劲。阿慈看着有些敬惧。

她如同一条狗眷恋主人般爱戴丈夫。她本就是个温柔、尽心的女子，更何况阿户于她更甚恩人：在自己身处无边苦海时阿户搭救了她，向她俯身并伸手拉住她柔弱的纤手。那时阿慈和她初生的孩子刚被情人抛弃。她把所有情窦初开都用来爱那毫无廉耻的混蛋，信仰他如同信仰神。她小心翼翼地奉上自己的感情和身体，当知道自己要当母亲时也没有一丝悔恨，反而还觉得称心。就这样那混蛋还是怯懦且无耻地辜负了她，在孩子呱呱坠地、阿慈需要他站出来保全自己的声誉、保障自己的生活时。阿慈无比震惊，不愿相信这昭然的事实。震惊过后就开始痛哭，哭得泪如雨下，哭得仿佛此生再无法平静。阿慈只能哭，只能呆坐抱着孩子挨饿，她不知道还能指望谁，除了自己那眼瞎且常年病痛、还等着自己赡养的老母亲。可老母亲又能怎么办呢？还不是只能跟着女儿哭，有多少泪水就倾泻多少。母女俩除了哭再没别的办法，只等着把血肉都哭干了就一起死。就在这么一个至暗时刻，阿户张开双臂接纳了阿慈。阿户养活阿慈，养活她的老母和幼子，也认当了孩子的爹。为了安慰阿慈也为了挽回她的声誉，阿户正式迎娶了她。接着阿慈的母亲去世，阿户又出面操办了丧事。就是这般恩重如山！阿慈该怎么爱丈夫，该挨多少苦，哪怕往后余生都做他的奴隶，都无法偿还这份恩情。所以几年来，对阿户来说阿慈就是个听话顺从且尽心尽力的妻子。按说阿户应当感到无比幸福。

但好景不长。在他做出这一善举，也得到似水的柔情作为回报后，他满脑子就只剩如何糊口，如何养活这一大家子了。阿户本就穷。他是个作家，以前因为他惜字如金的写作态度，赚到的钱只够自己一个人勒紧裤腰带过日子，也可以说是艰难度日。但那时他一人吃饱全家不饿，温饱问题对一个沉浸在自己理想中的年轻人来说根本不是问题。他心有憧憬，怀抱极大的抱负，不齿于世俗的鸡毛蒜皮。他只关心如何耕耘自己的文笔才能日益长进。他不知疲倦地阅读，思考，探索，认知和构思，对那时的他来说，艺术就是一切，除此之外再没其他值得关注的事了。他不无焦虑地构思着一部能让所有同期作品都黯然失色的作品。如此，当他接纳阿慈走进自己的生活，有了一个等着他照顾的家庭时，他才懂得什么是钱财的价值，体会到一个男人看到自己妻儿忍饥挨饿、衣不蔽体时的痛苦。这种忙碌是如此微不足道、毫无意义，但又不能无视，因此牵制了他大部分的时间。他不得不交印很多匆匆写就的文章，不得不执笔很多人们看过就忘的报道。每次读到署了自己名字的书籍或文章，他就会面红耳赤，眉头紧皱，咬牙切齿地把书稿撕碎，骂自己如同骂某个混蛋。“无耻，真无耻！无耻至极！这就是个无耻之徒！这就是个无良之人！不管干哪一行，得过且过的苟且都是一种无良，何况对文章的苟且就真的愈加卑劣了。天啊，他都写了些什么？尽是些无聊乏味的东西，唤起的共情寥寥，肤浅空洞，在平淡无奇且极其平庸的文章里表达的情感也相当寻常敷衍。他没能赋予作品任何新奇的东西。也就是说，他是个无用之人，一个多余的人。文章需要的不是那种照着模板就能做出灵巧手工的匠人，而是那些懂得深究、懂得探寻，能挖出还无人涉足的灵感源泉，创造出全新事物的人……”他这么想着，痛苦万分，痛苦至极！还有什么比自己厌烦了自己更痛苦的呢？对一个依然渴望做些什么来升华自己人生意义的人来说，又有什么会比做不成任何事、单单为了养家糊口就已经耗尽心力的结局更痛苦的呢？他可以无视妻儿的艰难吗？他能够撂挑子，不管不顾，做出像人们口中所说的那种牺牲吗？好几次他都觉得这些念头从脑海掠过。他想起了不知哪个哲人掷地有声的名言：要懂得恶，懂得残忍，才能强大地活。但他又转念一想，阿慈那么可爱，那么可怜，他可以牺牲对她的爱情——这份爱情就变得自私——但他无法割舍对她的怜悯，也许他怯懦，胆小，庸碌，但他还算是个人，他是个人而不是被利己心控制的怪物。强者不是靠踩着别人肩膀往上走来满足一己私欲的，用自己肩膀来帮助别人往上走才能称为强者。何况，一个男人是要多怯懦才会养不活妻儿还梦想着成就一番事业？他自言自语："那我暂且浪费几年时间来挣钱。等阿慈有了可以谋生的本钱再说。眼下生活着实不易！"这个孩子还未长大，那个孩子又匆匆降生，每个孩子都那么瘦弱，大病小病缠身，日夜哭个不停，一年到头汤药离不了口。阿慈照顾孩子们已经快要累病了，哪还有精力再干别的。因为必须钻营谋生，阿户整个人开始狂躁，孩子的哭声让他在家一刻都无法安静地写作或者看书，这更让他火上浇油。他觉得自己悲惨极了，憋屈极了，变得怒气冲冲，暴躁不安。他把怒火发泄向妻子，发泄向孩子，发泄向所有人，包括他自己。每当再也受不了家里躁怒的空气时，他会从椅子上猛地站起来，眼噙泪水一脸悻悻然，扭头甩手出走，边走边哽咽。他四处游荡，漫无目的。等街上的凉风让他滚烫的头脑稍稍冷却，心中的怒火也随之多少熄灭了些，才随便拐进家冷饮店，点上一杯啤酒或者柠檬水。他会约上朋友聊聊写作，对近期的新书和出现在各种刊物的新面孔高谈阔论，描绘一幅刚出口就知道自己不可能完成的蓝图，然后默想多年前就开始酝酿的作品以解烦闷。他双眼呆直，像个将被流放之人在那个孤身一人的下午，坐在滚滚尘烟中哀愁地思念着家乡。他依然惦记着某件久远的事物，昔日那些美好愿景，可那个可敬可爱的人不再是自己了。他摇摇头自言自语道："罢，就这样吧，我没希望了，我已经完蛋了。"接着，他又想到自己的名字被甩到一连串初露头角、更加耀眼的名字后面逐渐褪色。然后他一脸怅然地回家。怒火已经平息，内心不再躁动，但依然一脸沮丧和忧伤。

再过段时间，阿户每次出走就不只是一脸忧伤地归来了。他还喝得酩酊大醉，经常就直接倒在路边先睡上一阵。等摸回家还没来得及脱鞋更衣，又像一段木头那样倒哪儿算哪儿，再一次睡死过去。而阿慈得等孩子们都睡沉，才轻手轻脚地爬起来给阿户脱鞋，脱西服，放个枕头从他颈窝下穿过，卖力扳动阿户的手脚好让他睡得更加平整舒服……但有时阿户到家也不是倒头就睡，而是踉踉跄跄走进来，抿着嘴唇横眉怒目，一个箭步冲到阿慈跟前，俯身瞪着她，拿手指点着她脑门像吼小孩那样恐吓她：

“明天……知道不……就明天！我要把你们母子都赶出这个家门……统统赶出去，一个都不留，包括最听话的阿草……那几个娃子都应该一刀劈死！那些只懂得吃喝拉撒、大喊大叫的家伙！还有孩子他妈，也就是你……也该一刀劈死！你这家伙除了吃就知道抱着孩子坐在那儿，像只老母鸡牢牢抱住自己的蛋那样，也不愿意去干点什么好挣钱！到头来还不是苦了我！”

他咆哮一通，又抿着嘴，布满血丝的双眼直勾勾盯着阿慈。阿慈哪敢还嘴半句，只是默默垂头，低眉顺眼如同一个知道自己犯了错的孩子在甘心受罚。阿户吹胡子瞪眼好一会儿，转身走了。踉跄而笨拙地脱裤子，脱衣服，从床上往下乱七八糟扔一地。然后又脱鞋，一只接一只甩到房间的角落。有时丢顺手了还把桌上能看到的都一股脑扫到地上，然后借题发挥斥责阿慈没把家里收拾整洁，就这般折腾累了才倒头大睡。这时阿慈才敢站起身，把他抛一地的衣服挂回衣架，把狼藉一片的东西收拾好。

刚开始阿慈震惊不已，怎么都想不明白丈夫为什么会这样，她猜是听信了谁的闲言闲语，开始捕风捉影。她哭了一个晚上，想了一肚子第二天一早要说的话。但第二天一早阿户并没给阿慈把话说出来的机会。他懊恼直呼自己喝高了，问阿慈自己做了些什么可笑又粗鲁的把戏，然后向她道歉，慈父般亲吻孩子们。他宣称从此戒酒，也确实能坚持很长一段时间，但总会再跑出去喝个酩酊大醉，做出之前一样滑稽又吓人的举动。次数多了，阿慈也就习惯了，也不会再生气了。但她也隐约明白了丈夫的痛苦正是自己造成的。越是明白就越痛苦，极其痛苦。还有什么比明白了正是自己让自己爱的人受苦更痛苦的了吗？但她又能做点什么呢？很多次阿慈都动了抱着孩子离开的念头。很多次阿慈都想扔下孩子出去挣钱，她想牺牲。她内心是多么柔软啊！她是妻子，是母亲，她有着女性普遍的情感。她深爱着丈夫，坚信丈夫也深爱自己，希望自己陪伴左右。就像每次阿慈生病时，阿户都担心到两眼发直，彻夜不眠地照顾她。对孩子也同样，跟他们分开几天阿户就格外想念，归家时孩子们欢呼着奔向他扯着他衣角时，阿户也时常感动到热泪盈眶，激动地亲吻他们。她在想，不知道妻儿的离去会不会让阿户幸福。但想归想，阿慈也不敢设法出走，每次只是想到要离开丈夫，阿慈就已经哽咽到要失声痛哭了。所以她只能更加温顺，更加体贴。她节衣缩食来减少开销，把家里收拾得井井有条，还极力控制孩子们的哭闹嬉笑声。她甚至害怕和丈夫说话，因此才会抬头望了丈夫三次想开口，见他如此专注于书本都不敢作声，只能低头看着躺在自己怀里的孩子。

看到兴致盎然处，阿户突然转身过来——他刚读到一段美文，于是放下书细品，让这种快感蔓延身心——他的双眼刚离开书本就立刻寻向阿慈的方向。阿户抿着嘴乐，阿慈也跟着抿嘴乐。他道：

“阿慈啊，其实细想我的人生本不那么苦，都是自找的，我太过沉迷文章所以才让自己这般遭罪。就算苦是实实在在的苦，但试想，若有钱财万贯之人提议跟我互换身份，我还不一定应允呢。我觉得，能如此刻这般读到这么一段美文，还能品得出它的好，那一顿再好的珍馐美味相比之下都是逊色的。太幸福了！怎么天下还有如此有才之人！我算了下，此人描述一个人的思乡情境只用了三句话，就三句！你知道吗，让人难以想象的简单三句话，竟也能妙成这样！”

他又念了一遍，让阿慈也一起品读，逐字逐句解释给她听。虽然阿慈也听不懂多少，但却对阿户说的每个字都深信不疑，听他讲话时永远都挂着柔美的笑容。阿户滔滔不绝说了好久终于停嘴，阿慈这才装得好像突然想起来：

“似乎今天已经新历 2 号还是 3 号了，是吧？”

“啊是的，今天 3 号了，你要不问我都忘了。我要上街一趟。”

阿慈巧妙地提醒道：

“难怪今天一早我就看到收租的人过来……”

阿户脸色立刻阴沉下来：

“房租，清洗费，药钱，油米钱，全都还欠着！上个月开销太大，才 10 号就把钱都花光了。幸好还有地方可以赊账！”

他想起自己月初就花光的那笔钱。每次大动肝火或者厌世烦俗他就跑去喝酒，所以钱很快就花光。虽然一个月来阿慈逼着自己和孩子们清汤寡水地根本吃不饱，但她从不抱怨半句。早餐压根不用想，有时晚餐也为了省点米只能喝粥。阿户看着妻儿这般心疼不已，对自己太过大手大脚懊悔到不行。因此从 10 号到月底他都再没离开过家，这样也就不需要额外花销了。

他一边穿衣服，一边暗暗告诫自己：“今天一定哪儿都不去，拿到钱立刻回家。”

但阿慈劝他："你既然都出门了那就去吃顿好的吧。家里还有点米够孩子们吃，我就不再籴了，等明天还上钱了再一并籴些回来。今个儿我自己那份米就不放了，家里什么吃的也没有了。"

阿户微微蹙眉。因为他很怕踏进饭馆，在那可能又会遇到些朋友，这样的话就……老天，那自己的家庭和其他一切他都顾不上了。他会喝到尽兴，说些不着边际的话，然后瞎逛到天亮才回家。他想了想然后说：

"好，我去买些吃的回来，我们全家一起饱餐一顿。"

"别那么麻烦了，我就让孩子们先吃点米饭然后睡下。"

"别先吃，等我带吃的回来，咱一起吃。我会早点回来。一个月了，孩子们都食不果腹，今天拿到钱也应该让他们吃顿像样的！"

"多事！"

阿户抿嘴一笑，应下了。他靠近阿慈，低头握住孩子的手，唤他。他的脸贴近阿慈的脸，故意轻轻用嘴唇碰了下阿慈的脸颊。阿慈假装掸了掸他衣袖上的灰尘。两夫妻相视，恩爱无限。阿户又亲了阿慈一口，然后出了家门。

从报社出来，阿户径直去了一家烤肉店。他想着打包些肉和面包回家，心里美滋滋的：想象着孩子们垂涎三尺一脸渴盼，用手抓肉，狼吞虎咽地啃面包，两腮鼓鼓囊囊，双唇泛着油光——多么狼狈又感人的画面。他会舒畅地笑出声，而阿慈则坐旁边看着他们，双眼泛着幸福和怜爱的泪光。

到烤肉店门口阿户停下了脚步。进店前他警惕地四下张望。有可能会有熟人经过，如果被他们撞见他正用力把一大袋肉塞进口袋……不，没什么好担心的，这光天化日的……走进店里，一个漂亮姑娘正在讨价还价，他只好等着。等的时候双手往后一背，装出一副在等附近办事的朋友的样子。忽然一只手拍到他肩膀上，让他吓得猛一转身。阿忠咧着嘴乐，阿卯则大笑，同时伸手跟他握了握：

“是一直盯着哪个缪斯女神看得人都呆了？”

阿户支支吾吾：

“啊，是你们……”

“不去寻女神芳踪吗？”

“这没什么关系！诗人是可以永葆青春而且千年贞洁的。”

“还好我压根不是什么诗人。”

“那就是说没有追寻哪个女神咯？”

“才没跟着哪个女神呢。”

“那就跟着两个小子吧！”

阿户盯着阿忠和阿卯一会儿才问：

“跟着去干什么？”

“不干什么！”

“那恕在下先行告退，在下要赶紧回去免得没有电车了。”

阿忠蹙眉看着阿户，一脸惊诧和鄙夷：

“怎么会有这么不解风情的人！在这么美好的下午、这么热闹的街上说回去！”

阿户正了正神色：

“好了不说笑了，其实我有事要早点回，就这样。”

“唉，这么说还好听点。那您就先回吧！但我说，你有听到什么风声吗？”

阿户正打算转身离开，扭头望着阿忠：

“《归途》很快要被译成英文了！作者的版税三千元。”

阿户瞪大了双眼，整个人有些局促。过了很久他才又问阿忠：

“真有这事？”

“千真万确！地方政府都给我们看了那份协议书了。”

阿户露出怀疑的神色：

“不会吧……我很清楚……但都这样了，急着回去干什么？咱喝杯啤酒去！”

阿户已经把妻儿抛诸脑后，猴急地想知道更多关于阿权那本《归途》将有英译本这件事。他紧紧拉着阿忠和阿卯，三人走进了湖边一家冷饮店。仅过了半个钟，阿卯和阿忠就看到阿户红着眼，掷了个空啤酒瓶到桌上：

“那本《归途》的价值仅仅在当地，你们知道吧？他们拿来翻译是因为想知道各地的习俗而已。这书只描写了社会的表层。我认为是逊色的。一部真正有价值的作品应当超越所有疆域和边界，应当是一部属于全人类的作品。它应当饱含一些高远、强烈而又痛苦、还夹杂着激昂的情感。它歌颂共情、博爱、公平，等等等等。它能让人与人更加亲密，这样才真的算是一部好作品，你们知道吧？我一点也不失望！你们看着，我这一辈子只会写一本书，但这本书将获得诺贝尔奖，在全世界被翻译成各种各样的语言！”

阿忠边频频点头边抿嘴笑，依然是那副无声的偷乐。阿卯则依然哈哈大笑。阿户笑不出来，因为激昂而一脸严肃。他尽说些醉话。等街上路灯都亮了起来，阿忠和阿卯起身想走，阿户赶忙道：

“且慢！要去哪这么急？我们再去喝酒去！我有钱！”

次日早晨，阿户在自家床上醒来，觉得自己全身痛得像每段骨头都被敲打过一般，头昏昏沉沉像灌了铅，嘴巴干苦，喉咙辣痛。他顺手拿起桌上的茶壶灌了一口，壶中水是满的，还有点温热。这亏得阿慈的操持。阿户自然明白，心下愈发焦虑不安——他依稀记得自己昨晚又烂醉如泥，四处晃荡够了才回来，还给阿慈找茬，似乎还动手打了她，轰她走然后关门睡去——阿户猛地一惊，倏忽一下坐起，双眼慌乱地追寻阿慈的身影。啊不！阿慈还在。一定是那会他实在太醉，想上门闩没上好，所以等他睡熟阿慈才敢抱着孩子进来。阿慈此时依然在吊床上沉睡，孩子睡在旁边。她本习惯早起，但今早一定是累极了，才刚迷糊睡去，所以才现在还未醒。她的头歪着扭向一边，一只手滑落在吊床边缘垂着，手掌微微张开摊着。睡姿看着就疲累闹心。阿户愈发郁闷。老天，看阿慈这么躺着着实可怜！难怪阿慈一辈子都这么苦！连睡梦中都能看出副苦相。阿户想起来，有时候细看阿慈其实非常苦相。他突然冒出个念头，想再靠近点，仔细看看阿慈现在的面容。他轻手轻脚走过去，鞋也没穿，在吊床旁一屁股就地蹲坐下来，连呼吸都不敢大声。他细细端详阿慈的面容很久。她脸色青灰，嘴唇苍白。眼皮稍稍青紫，眼下是一圈黑眼圈。两颊深陷的脸显得颇有棱角。阿户轻叹口气，摇摇头，心中万分怜悯。他轻柔地握住阿慈垂下来那只手。粗糙的手掌瘦骨嶙峋，手背青筋凸起，皮肤薄而青。手腕纤细，一切看着都是那么柔软，脆弱，需要自己为她遮风挡雨。这薄命的相，显得如此多愁而劳碌，需要自己的关怀备至。即便如此，他又做了什么让阿慈此生少些操劳？他又做了什么让阿慈得以脱离苦海？他的泪水突然就像被人猛捏一下的柠檬汁那样喷涌而出。他痛哭，天啊，放声大哭，像从未能出声痛哭过那样地哭。他哭着紧紧抱住阿慈纤细的手臂拢入自己怀中。阿慈惊醒，立刻就明白眼前发生的一切，不用多说一句都能明白。她顿时泪流满面，觉得很是感动。阿慈轻轻把手抽了出来，环抱住丈夫的脖子，轻拉他靠近，让他趴在自己怀里。阿户更是放声大哭，哽咽着硬挤出一句话：

“我……我……只是……一个……混蛋。”

“不，你只是个苦命人，因我而苦……”阿慈这么说道，手紧紧攥了一下，愈发哽咽。正要把头靠到阿户肩膀时，孩子因为被猛扯一下，哇哇大哭起来。阿慈赶忙推开丈夫去安抚孩子。声音依然带着哭腔，哄道：“啊，妈妈在，妈妈在呢！哎呀，吓到我儿了……妈妈疼……”

阿户让出地方好让阿慈摇起吊床。阿慈边摇边唱：

谁让风儿上天，
谁让雨儿落地，让有情人分离，
谁让南北分界，
让两行泪湿透我身，
……

1943 年

忘记节制

阿谐并不是一个为了节制而节制的人，他节制是迫不得已。他没钱，也没有多余的力气可以挥霍。他才二十五岁。二十五，本是热血激昂、爱说爱笑的青春壮年，腿脚强健跑多远都不会累，肠胃像个橡胶袋怎么撑都无所谓，双眸热情似火仿佛能把人融化，憧憬多得就像漏斗一样无穷无尽。坚信自己强壮的双臂，所以这是个做什么都不为过的年纪——这说的是其他人的壮年——不包括阿谐。

正值青春壮年的阿谐没能享受过青春壮年该有的幸福。他有心脏病，肺也不太好。父亲是个酒鬼，母亲因产褥病死得早。他自出娘胎就体弱多病，又是被粗放地抚养长大，没夭折就算走运了。六岁时人家看他还挺文静，就觉得这孩子不像别的孩子那么野，兴许能读点书，就把他送进了学堂。因为先生动辄呵斥体罚，他胆子小，所以学得认真，算不上聪明伶俐，但反正课文背得挺溜。

二十岁那年他考取了成中的毕业证，二十一岁通过了无线电助理考试。为了谋份差事得花多大力气，哪还余力干活？没过见习期他就病了，只好辞职。没钱住院治疗，只能回乡下求医。在乡下，能有饭吃就已经算幸运的了，哪还有钱买药？他只能用生黄姜、紫积雪草煮水和童子尿来治病，三味药来自三个人，一人授一方谁知道哪种好，于是他三管齐下。这三味药并不费钱。黄姜园子里就有，积雪草路边成片长，至于小孩更是家家都有，都会去尿，能够尿到一个杯子里就更好玩了，也不会要钱。有赖于此，阿谐得以长期服用上述三味药，用了三年之久终是痊愈了。自然会痊愈，或者说好不了也只得如此了，日子久了身体就习惯跟疾病共存了，病还在，但人也死不了。

也许阿谐就是这种情况。他在等死，但又死不了，何况他还有一张成中的毕业证，这意味着他能够开办私塾。于是他去申请了。但开私塾得是体力足够好的人，于是人们要他提供健康证明。所以阿谐必须去医生的诊室开具。

这个医生听过心音，已经开始摇头了。因为好奇，所以他又听了听肺部，睁大眼睛盯着阿谐好一会儿才说：

“您有病。”

阿谐脸色惨白，突然觉得自己无比虚弱。医生继续道：

“您有严重的心脏病，肺也不太好。”

阿谐唰一下站得僵直，说不出一个字，几乎要哭出声。

医生不得不把话讲透：“也就是说，我不能证明您是健康的，您还是别教书了。”

阿谐惊慌失措。不能去教书！那他靠什么谋生？他苦苦央求："先生请可怜可怜我，我实在太穷了，我得赚到钱才能活下去。"

"我知道。但我要讲职业道德……您如果去教书，会死得更快！"

阿谐苦笑道："更快死那就是还没死。我如果不教书就会立刻死，因为没有人能不吃不喝活下去。"

话是说得在理，但医生丝毫不为所动，依然严词拒绝了。阿谐失声痛哭，只能说谎："您可怜可怜我。我保证只挂个名当校长，不教书。"

"不可能的！"

"我发誓……您行行好……"

此时阿谐的表情一定无比凄苦，因为医生开始动摇了，最后咂了一句，坐回桌前。

"我就是心太软，但其实我是在杀人。"

"您别担心。"

证明开好了，医生递给阿谐说道：

"您听我一句劝。别干太多活，否则您活不了多久。"

阿谐还想要好好表示感谢，但医生很快把阿谐轰出了诊室，如同想遗忘一件必然追悔莫及的事。阿谐忧心忡忡地走在路上。他有心脏病、肺病，干不得重活……他这一生注定是废的。还不如现在就一了百了。

没错，干脆一了百了。他这么想着，好让自己鼓起勇气去教书。但事实上也不需要什么勇气。如果不教书他就会饿死。有多少鼓不起任何勇气的家伙，也还是得一天天拿命去换活下来的筹码。也许在无数种死法里，饿死是一种人们最害怕的死法，以至于愿冒着生命危险去谋生。

阿谐正是如此。他自忖道：“像我这样的人，活着也是个废物。那还不如多干点活，但求死个痛快。”但同时他又觉得自己需要养生。事实上，阿谐确实是个注意养生的人。他饮食很有分寸，只吃青菜。青菜健康又便宜。他从不喝酒，只喝开水。把生水烧开了喝又健康又清淡还不花一分钱。他不抽水烟香烟，不去歌厅，不看电影，好有足够的时间睡觉。他不坐车，都是走路，相当于锻炼身体。这种养生方式也实在是便宜，正适合一个没钱的人。有节制的人正是一个安分的人。

如此阿谐日子过得非常节俭，省钱的同时还养生，或者他养生是为了省钱，两者是一回事。反正结果挺好，就像心脏病和肺病一样，节俭的生活过久了，也就习惯了。

但那个晚上阿谐碰到了一个老朋友。那会街灯刚刚亮起，街上人群熙熙攘攘，各色服饰流光溢彩。在如此欢乐洋溢的人群中他就是一个暗色的存在。他孤身一人低头走路，双肩耷拉。那天是月初，跟每个月初的夜晚一样，他正径直走向杂货铺去买一两紫色颜料回来调墨。墨是以前学生的。他们用来写字的墨需要从家里带过来，这样就非常折腾，因为他们总是会打翻。有学生每个月甚至要用掉五分钱墨。于是阿谐跟学生们说，每个月给老师一分钱，由他去买一两紫色颜料回来给他们调好，这样自己也能从中赚个差价。他算过利润是五毫还是六毫，但由于太健忘，记不太清具体到底获利六毫多还是五毫多。反正他也从不会闲着，所以边走边默算到底获利几分几毫……就这样突然被人搂住肩膀，着实吓了他一大跳。一个操着西贡口音的嗓门叫起来：“啊！阿谐！”

阿谐结结巴巴：“老天，噢，老天。”

阿书一边说一边朝阿谐肩膀咚咚锤了几下。阿书性格就是这样热情活泼。此时的他无比兴奋，脸涨得通红，眼里透出喜悦的光芒。相比之下阿谐更为平静，或者说迟缓也行。他因为愈发苍老憔悴，显得一脸疲态——教书让人老得很快。阿书拉住他的手如同警长抓住一个扒手：

“快进来！老天，没想到在这能碰上你。近来怎样？”

他们步入一间饭店，店内灯火通明，桌布一丝不苟地铺在餐桌上。阿书拉开凳子大大咧咧地在其中一张桌前坐下，让阿谐也坐。一个男侍者快步走来。

阿书问他：“你喝点什么？”

阿谐有些慌乱，阿书突然想起来道：“对了，你好像忌酒。”

阿谐赶忙接过话头：“对，没错。医生非让忌口。”

他露出一丝自得的神色，仿佛能去看医生是件相当值得骄傲的事。阿书没在意，若无其事地对服务员说：“那就啤酒吧，柔和点。”

趁这空隙阿谐得以有机会细细打量阿书。他今非昔比了，不再是当年自己还在无线电台时，那个因为失业来找他混吃混喝的小年轻。他的衣服看起来很高级，抽的烟也是很贵的那种 ANH-LE 烟。阿谐自言自语：“阿书干什么了能看起来这么有钱？”

“你什么时候回来的？”

“呃……”

阿谐支支吾吾不接话，还不知道要不要告诉阿书自己已经不在无线电台干了。反问道：“你现在做什么生计？”

“做生意，在协和[1]有个制糖厂。”

阿谐有些目眩。阿书已经是一家工厂的老板了！想想自己的境遇……但还没来得及郁闷，阿书又说：“我一直在找你。找到你原来工作那地方，人家说你生病请辞了。我就猜你是回了北方。这次北上我打算先回家看看，然后再去河内玩个几天，到各个无线电台去找你。没想到在这就遇上了，真让人高兴。今晚我们要通宵玩个痛快才行。吃完饭我们去唱歌。你回北方那么久了，一定很会击鼓[2]。”阿谐微笑着含糊其词好绕过这个话题。

从饭店出来时阿谐只觉得头重脚轻。路灯都有了光晕，商铺、灯杆、树木、行人、来往车辆看起来都那么迷离，耳边所有的喧嚣都开始模糊。阿谐觉得快活极了，可笑极了。他的嘴角微微抽动，笑个不停。脚步尽管有些蹒跚，但迈得无所畏惧。他喝醉了，因为吃饭时阿书让服务员拿了葡萄酒来，让阿谐尝尝尽尽兴。啤酒已经有些上头了。阿谐干脆接过来就喝，喝完一杯阿书又说：“再来点。”阿谐咂咂嘴：“好，喝！”喝多一杯也不会死。能死也行。所以喝完这杯，阿谐又喝了第三杯。就算再喝第四杯都行，但阿谐不喝了。因为阿书知道阿谐已经醉得厉害，就不再劝他喝了。阿谐双眼通红，面部耷拉，嗓门开始提高，两边嘴角时不时就自发咧到了耳脖子。罢，喝够了，阿书结账后扶着阿谐走了出来。

阿书问：“去唱歌吧？”

阿谐已近乎嚷嚷了：“去啊！肯定要去啊！”然后搭着阿

① 译者注：指越南协和县。
② 译者注：一种消遣游戏。

书的肩膀嗤笑起来，脸被挤得既可笑又可悲。几个路人看到阿谐这副模样都露出难受或诧异的神色。阿书酒局喝惯了，还能保持足够的清醒，看到这一幕多少有些难为情。他叫来两部车，阿谐跌跌撞撞上了一部，直接整个人倒在后座，阿书小心翼翼地让阿谐那部车先走。

酒劲上来了，阿谐烂醉如泥。下车时踉踉跄跄差点摔一大跤。阿书不得不挽着阿谐一只手好撑住他。从歌厅跑出来的小年轻们，看着他们都一脸讥笑。两人走了进去，刚坐下，阿谐就一头栽到了桌子上。他们也没有击鼓，因为阿谐已经醉倒，而阿书不懂玩。算阿谐走运，其实他也不懂玩。有人请阿书喝茶，阿谐听到了但就是抬不起头。他感觉有人扶他上了床。

钟声沙沙地敲三下时，阿谐从烂醉中醒来。远近几个钟也此起彼伏。不知道为什么阿谐感觉悻悻然。他睁开眼睛，只一盏绿灯还亮着。灯光柔和地洒下来，透过稀疏的蚊帐洒到床上。床上香气袭人——阿谐是这么觉得的。因为偶尔他也会在每天向邻居那儿借来的报纸上读读小说或者诗歌。事实上这只是些廉价香水，但阿谐哪懂这些，他认为已经很美妙了。但最妙的是他还看到自己身旁躺着一个少女。

第二天一早从歌厅出来，阿书问："现在我们上你家去吧？"

"嗯，也行。"也行。但也许阿谐并不很乐意。他脸上有些犹豫的神色。他不想阿书看到自己今时今日的真实处境。阿书不知是猜到了他的心思，还是突然想起有别的要紧事，又道："啊，不行，手头还有点事。或者告诉我你家的门牌号……"

"我家没有具体门牌号。而且离这儿很远，很难找。要么还是我来找你更方便，然后我带你过去。"

"如此甚好。我住在 Fouqueton 26 号，你几时过来？"

“今天下午。”

“那记得啊！就今天下午……”

阿谐叫了部车回家。这般奢侈是因为他实在是累坏了。也可能是因为他能够享受到价值几十块的吃喝玩乐一条龙却不需要自己掏一分钱，那现在掏几分钱坐个车也赚够本了。

到了家就看到学生已经在门口等着了，有的在吃零食，有的在戏弄同伴。他想到接下来就是充斥着斥责、批改作业和把戒尺敲得梆梆响的八个钟，就觉得胸中一阵阵烦闷。干活果然一点意思都没有。那天他课讲得相当敷衍，双眼布满血丝，一脸疲倦。那少女的形象伴随着前夜的欢愉不时浮现在脑海。他又酥软了好一阵然后告诫自己：“享乐害人。”

尽管如此，下午刚放学，他又去了。忍着没吃饭，衣服头发比任何时候都要像模像样。他坐立不安地担心阿书毁约。但万幸，阿书还在等他。两人结伴而行。跟昨晚一样，今晚以一杯啤酒拉开序幕。阿谐已经习惯了，所以显得十分坦然，也就是说，就算大摇大摆地坐到饭桌前他也不会多兴奋。待会儿走进歌厅，他也会像现在这般坦然，如同一个风月老手。他想现在就开始摆谱，于是扬着下巴微笑着轻声问阿书：“怎样？”

阿书没听明白。因为他从歌厅出来就已经忘了去歌厅的事了。阿谐有些忸怩，但仍故作镇定地笑着再问道：“昨晚歌唱得怎么样？”

阿书抬手抱到脑后，身体微微后仰，翻了下白眼撇着嘴，一副大失所望的模样。用法语嚷嚷道：“唉，俗不可耐。那帮女的味道呛鼻得就跟驱蚊水一样，脏得就跟长了毒疮的腿似的。”

阿谐低下头，觉得阿书这副装腔作势的模样很是可恶，有点小钱就不可一世了。他直勾勾盯着那个在远处的一张桌埋头吃饭的人，避免跟阿书对视。他觉得有些郁闷。两人之间的对话也开始有一句没一句。

两杯啤酒下肚，阿书问：“我们还吃饭吗？”

“都行。”

“我就不怎么饿。”

“我也是。”

阿谐更加生气了。阿书唤侍者过来拿了五元钱去柜台找零。侍者把零钱送回来，阿书嗯啊地应着收了。

两人起身往外走。

“现在去哪儿？”

“都可以。”

“或者再去歌厅？”阿书带着讥讽的笑容问道。

阿谐咂咂嘴：“还去那儿耍猴不成？”

突然阿书大叫起来：“那是阿平！”

阿平是他们的另一个朋友。一个身材魁梧，看着很精明，且衣冠楚楚的人。他俩看起来都异常兴奋，大笑着相互拥抱。阿谐似乎被遗忘了，他觉得很难受。三人并肩走了一段路，阿谐忽然道：“阿书。”

“怎么？”

“你俩先走吧，我走这边，还有点事。”

“这样啊，很急吗？”

“还挺急的。”

阿书伸出手来，“那就晚一步过来，我们在哪里等你？”

“别等我了。”

“为什么？”

“我可能没空了。”

“真可惜。那就明天吧？”

“嗯，明天。”

阿谐小声应着，因为他决定再也不来找阿书了。他转身离开，走出十来步再回头，看到阿书和阿平还在热络地聊着，似乎已全然忘了他，于是低头垂肩，孑然地离开了。

他像往常那样去了杂货铺，买了一两紫色颜料，再走路回家。第二天下午，他吃过饭早早睡下了，自言自语道：“有节制的人确实更加安分。”

1943 年

衣虱郎中

前里长豆先生何曾想到会是这样，那自然是要迎衣虱郎中到家里的。

衣虱并不是郎中先生的本名，这是前里长夫人给取的。至于夫人为什么要给他取这么个瘆人的名字，且听详述。

从先生让衣虱郎中用扁担挑着俩大药筐来家中暂住的那天起，夫人就已经开始嘀嘀咕咕了。她不想在自己家收留这么个活宝。但先生说：

“何必呢！咱家那么宽敞，房间多到住不完，让那郎中来小住又如何？他吃自己的米，烧自己的柴，做自己的饭，无须咱费心任何事，有什么好担心的！”

“咱不麻烦但也得不到什么好处。他爱住哪住哪！何苦容留他，脏了自己的屋子。”

“胡说！难不成我们是想吃他的药才请他住到家里来的吗？”

夫人头摇得像拨浪鼓，接茬快得生怕自己来不及说出口似的：

“呸呸呸，您想吃那家伙的药就您吃，我才不要。给我钱我都不吃！”

先生有点生气了，气势汹汹道：

“为什么不吃？吃他药的人肚子都大起来了！”

“别人吃是别人的事！”

夫人见先生还没来得及说什么，撇撇嘴又道：

“我的老天，钟磬都还知道自己斤两呢，何况是被扔到竹林边上的瓮块？也不掂量掂量自己！”

先生眉头紧蹙：

“瞎闹！你知道什么是钟磬，什么是瓮块？都没吃过他的药你就知道？”

夫人红着脸粗着脖子回嘴道：

“怎么就不知道了？如若真是宝，看样子就能知道！反正我是没看出他有何过人之处！什么叫姜还是老的辣？什么老姜，脸这么嫩，鼻涕都还擤不干净！衣衫不整看着就像叫花子。就这样还有脸出来做郎中。朗什么中，浪荡差不多！”

先生扑哧一声笑了：

“难怪人都说，女人的把戏就是不一样。看脸就知道什么货色。但谁知道是不是样子看着不怎样，但看病确实厉害呢？我看他治的几茬人都好了。何家屯里长阿性的老婆，这么久了生出来没？只吃了那郎中一剂药，现在肚子已经跟箩那么大了。还有我们村那阿味婆娘，都嫁过来十多年了还不见怀上，吃了他的药，一月初的时候生了个大胖小子了。那你说说这怎么解释吧？”

夫人见自己有些理屈词穷，咧嘴笑道：

“谁知道那些人是不是喝了他的药才好的？”

“怎么不是了？这都是那些人自己说的！”

夫人有些犹豫了。先生见自己占上风了，顺势又道：

“吃药这事，也不能光看医生好不好，遇到合适的就能治得好。有时候吃那些名医五十元一剂的药治不好，吃了市场边上那婆娘一毛钱的药反倒治好了。有病就得四处求医……见有谁明知药好却不吃的吗？”

“话是这么说。但苦的是我看那家伙一点郎中的样都没有，人不像人，死蚯蚓不像死蚯蚓。活脱脱一个不知道哪里冒出来的饿死鬼。”

先生瞪了她一眼：

“哎，别这么瞧不起人！人家以前也是少爷的儿子，举人的孙子！他爷爷以前是个举人，开始做知县，后来做到按察使，临近退休的时候升任了总督，相当不错的家庭，岂是寻常人家！只是后来家道中落才不得已游走江湖做个郎中，至于他的字，看起来也写得很不错的。我现在请他来住，是想着一步步哄他教我些药学。”

“老天，跟他学什么把戏？那家伙也就玩纸牌的功夫值得学，但纸牌您还用得着谁教吗？您有哪天不招呼一帮人切磋的？”

先生想做的事夫人也只能咬牙接受，其实她一点都不想让这郎中住到家里来。跟人形怪物似的能厉害到哪儿去！

郎中看起来确实极为丑怪。脸浮肿鼓胀得像被泡发，皮肤是春蚕那种菜色，密布雀斑。前额窄小还外凸。双眼则眯得像老母猪。嘴唇咧开上翻，几乎能遮住两个小小的鼻孔，这使得他呼吸都是哼哧哼哧的。但最糟糕的还是他笑起来的时候。因为一笑起来就额头紧皱，眼睛眯缝得更小了，两条眉毛几乎都要粘在一起，嘴张得更大了。笑声只能靠呼吸带出来，以至笑出来就成了哼哼声。老天，这样一张脸就算每天用肥皂洗三次，都让人觉得恶心。何况郎中还出奇地脏。可能每天早上站在水塘边的踏板上都只是把几根手指蘸到水里洗洗鼻头而已。脸都快沤成霉绿色了。衣衫更是长长短短，离他三尺都能闻到那股酸臭味，还破破烂烂，这里掉了纽扣，那里脱了线，一副邋遢样。也不知道他是不是只这一身衣裳，从他住进夫人家到现在就没见他换过衣服。无怪乎衣虱比蛆还多。那些虱子在他的脖子、双肩和后背四下横爬，还张牙舞爪地爬到他睡过的床上。无论他坐哪儿，起身时总会抖下几只粗壮的六脚朝天的衣虱，细小的肢体手舞足蹈地朝天挥动如同一个肥硕的人摔倒在地无法翻身起来。偶有闲暇，郎中就会坐在檐下，脱下衣服，逮着虱子就放进嘴里，用门牙啃得毕剥声。一个郎中一丝不挂地坐在像夫人家这般一尘不染的房子里抓虱子——还有比这更恶心的画面吗？何况房子里还住着个头发时刻都保持柔顺光滑，裙兜永远都那么粹白，丝裙摆边任何时候都宽松垂坠到脚踝的年轻妇人，和一个像前里长的妹妹阿订姑娘那样素有漂亮利落之誉、还未出阁的姑娘！所以每每夫人和阿订姑娘见此情景，都会阴沉着脸白一眼郎中。然后摇摇头撇撇嘴，相互使个眼色交换彼此的愤怒。但生气归生气，她们也还是要扑哧笑出声来的。她们给郎中取名叫衣虱郎中。

常言道，两个大姑娘同住一个屋檐下就能成精。夫人虽已嫁人，但还没小孩——可以说不会有了——人们都说先生这病纵是吃仙丹都好不了的了。如果先生的病好不了，那夫人除非有什么奇招，否则照常理，就算铸个金人塞进肚子也是生不出来的。一个女人结婚十五年都怀不上，如果还没愁到整个人都扭曲，那就必得是年轻开朗的。前里长则终日沉迷纸牌不着家，也就是说，夫人虽已年过三十，依然不是姑娘胜似姑娘。至于订姑娘本就是如假包换的大姑娘。姑娘做了一年又一年但仍未出嫁。这样两个女人住在一起那是再合适不过的了：两人从里到外都那么年轻，容颜娇嫩，人格稚嫩，举手投足都是幼稚的。她们还不需要干任何事。前里长在村里是个有钱人，有资历有魄力，手握村里不少生财门道。就指着这些门道，前里长全家都足够生活了。还有余钱就拿来放贷，干些典当抵押、买青卖青的勾当。在农村，手里能握个大几千元，还有足够的势力震慑别人，别人却不敢招惹自己，那哪还需要干活？只需好好打理手中的钱，日子就足够好过了。何况前里长又无后，留那么多钱给谁？何苦还要让妻子和妹妹栉风沐雨？所以夫人和阿订姑娘每天就是肆情吃穿玩乐。

吃饱了撑的，是人们常挂在嘴边的话。吃饱喝足，终日只游手好闲空虚度日自然会愈发胡来的。夫人和订姑娘每日就是一起嬉闹取乐，哧哧笑着互相拍背拍得啪啪响。这可苦了衣虱郎中！得受尽她们千百种的鄙夷、白眼、唾骂、嘲笑和讥讽，嘴刚张开要说话就被立刻打断，刚要咧嘴笑她们就立刻沉下脸来，朝他呸一声吐口水。真是痛苦啊！衣虱郎中本是个喜欢贫嘴的人，看她们说说笑笑，自己也就控制不住地兴致盎然。于是他也跟着笑，摇头晃脑地屡屡想插嘴进来。可怜见的，郎中的母亲在他还蹒跚学步时就撒手人寰。他先后娶了三个老婆，个个都嫌弃他。最后郁郁寡欢，挑着药担子离家出走了，游走四方想寻找慰藉，但就是找不到。所以他见到女人就跟耗子见到猪油一样，像指南针一样被她们吸引。他很喜欢跟她们坐在一起，听她们说说笑笑，自己时不时能说上一两句话。仅此而已，旁的他也不敢多想。即便如此，她们又会遂了他意吗？这么想就错了，插嘴也要看地方——在哪也别在夫人家，只会自取其辱。问问夫人家的阿利嫂就知道了。

阿利嫂是夫人家的女佣。没哪个女人会比她更丑的了。她胖得像个球，五官如同细腰蜂的巢，眼白唇黑跟鬼似的。在他们那一带，人们都拿阿利来吓唬小孩。谁家孩子哭了，人家就会说："别哭了别哭了，再哭阿利来了！"但其实阿利很善良。是的，善良且隐忍，让做什么就做什么，这样才能在夫人家留下来。

但刚来的时候，阿利也有插嘴的毛病。数不清多少次被夫人指着鼻子骂个狗血淋头了。现在算是改正过来了。谁说谁笑都事不关己，每天就安静得像根稻草。

但希望倾诉和交流情感或许是人的"通病"。不让说话真的很痛苦。衣虱郎中住进来后，四下无人时阿利嫂也时不时找郎中聊些有的没的。至于郎中，本就不知道还能跟谁说上话，跟阿利嫂聊聊天也算有个人能解解闷。一开始也只是厨房犄角旮旯那些事，大概就是这样：

"炉灶这会儿能用吗？"

"能。看来郎中先生准备做饭吃？是饿了吗？"

"饿不饿都得吃饭吧！"

"米还有吗？我明天可能要去赶趟集，您要想籴米就把钱给我，我帮你买回来……"

渐渐地，阿利不时也请郎中帮自己看看病：

“郎中啊，我有这么些症状，您给我瞧瞧是怎么回事：我吃得好，睡得好，整个人也没哪儿不舒服，但就总觉得脸一阵阵发烫，好像有把火在烤。这是什么毛病？”

“下焦火旺，蒸腾到头部。”

“要紧吗？”

“说起来如果有钱买点药祛祛火也挺好。由得他的话，往往会导致眩晕头痛……”

“没错！我确实会头疼……”

“病因在于您没有生育。您这病，那些寡妇、未婚嫁的女人几乎都会得。很多人出嫁后自然就痊愈了，不需要服药。”

阿利以为郎中在拿自己寻开心，偷瞄他一眼然后羞涩地别过脸去。但等郎中做好饭起身离开，阿利都会看着他的背影微笑。郎中哪能知道这些。谁能想到这么丑的女人，也会跟其他女人一样暗生情愫呢？

但有一次郎中正在抓虱子时，阿利正好经过，就问他：

“怎么您昨天刚抓完，今天又抓？哪来这么多虱子？”

“多得数都数不清！也不知道为什么有些人一辈子也不长一只，而我就这么多。”

“那些人肉苦。肉甜的人容易招虱子。”

“真的？”

郎中诧异地望着阿利。阿利微笑着说：

“真的。”

“您怎么知道？”

“我怎么不知道？人都这么说，肉甜的人才多虱子！”

阿利嫂这番话让人匪夷所思。但郎中依然眯缝起双眼，吭哧笑起来。他觉得很开心。开心不是因为拾人牙慧学到了医书上从没提到过的东西。他开心是因为至少他也有肉比别人更甜这一样。可能世上绝无仅有。在郎中眯缝的小眼睛里，阿利完全变了。她不再是又蠢又胖的阿利了，她是知己。

从此以后这对知己常互诉衷肠。阿利对郎中的家境是了如指掌了，郎中也细细询问着摸清了阿利的身世。原来阿利也是个因感情而浮萍般漂泊潦倒的人。三十岁了都没人来提亲。她认为是自己太穷，且无父无母。自己终年到别人家帮佣，人家养她也只是养，养来服侍别人，自己有没婚配并没人关心。是啊，干这行还没家没主，没许配的对象，又有谁知道该怎么提亲？她嫁不出去正因为此，起码她认为是这样。直到三十三岁，她才等到一个人想娶她回去做二房。她见是个良善之人，家境也殷实，就欣然应允了，觉得找一个靠谱的胜过一串歪瓜裂枣。谁料她被骗了。那家人的大房，见阿利一直给人帮佣，琢磨着想必已积攒不少钱财，活也干得好，于是跟丈夫商量娶她回来侵吞她的钱财，还能让她干活。这也是种用工方式，还能省下工钱，甚至能有帮补。一开始那两个家伙还对阿利嘘寒问暖，但等榨干了她的积蓄，立刻就翻脸了。阿利眼见他们丝毫不讲仁义，自己被伤害得这么深，愤慨之下就离开了。她又重新开始到别人家帮佣。就这样，今年她已经三十六岁了。说起来也是可怜。每每想到自己将很快老去，她就很想看看还有没怜惜自己的人就嫁了。好坏都行，只要不背个没老公的名声。但有时她又希望就这样过下去，一个人干活，一个人吃饭，没老公没孩子又如何——世事多凉薄……

但郎中始终觉得，世间也不尽是凉薄之人。（受伤那么多，依然相信爱？）然后他想起自己的妻子们：太凉薄。为什么好男人就总是碰上凉薄的女人，而那些不凉薄的女人就碰上那些凉薄的男人？郎中为自己和阿利的命运不济而感佚不已。他们相对长吁短叹，为彼此打抱不平……

没过多久，夫人和阿订姑娘就发现端倪了。她们你一言我一语：

“嫂子，太可笑了！阿利嫂在给那衣虱郎中补衣服！”

“当真？你几时看到的？”

“就刚刚。那婆娘正缝着，看到我赶忙把东西藏磨子下面。我假装没看见，使唤她去给我拿洗脸盆。等她走了我就靠近那磨子一瞅，才发现是那郎中的衣虱窝。”

“那可能这对男女是看对眼了。这段时间我也常撞见他们一起说说笑笑，给对方买饼什么的，看样子怎样都会搞到一块，保不准已经在我们家厨房睡一起了！”

“就是，咱得找机会抓个现行，好好教训教训他们。这些不知好歹的家伙！咱家是他们干活的地方……”

嘴上虽然这么说，但夫人其实是好奇多过愤怒，阿订姑娘也是如此。窥探直接调剂了她们空洞干瘪的生活——因为太过闲适，虽然她们的消遣就是嬉闹，但终归觉得单调乏味……

一天晚上，阿订姑娘蹑手蹑脚溜进嫂子房间，掐了她一把。夫人立刻知道有情况了，压低声音问小姑子：

“怎样？”

“衣虱郎中进了阿利嫂的房间！”

“刚进去吗？”

“刚进，然后立刻关了门。”

“那就成了。轻点，别被他们听到。锁在哪儿？给我。”

姑嫂二人静悄悄地就像两个影子般，蹑手蹑脚出了厢房下到厨房。厨房门果然紧闭。阿利以前睡觉从不关门。如果不是让郎中进去了，为什么要这么紧闭。夫人觉得像有两颗螺丝钉在心里转。另一只手把锁拿了出来，铜锁发出一声轻响。与此同时，她觉得自己的心因为激动而猛跳了一下，忍不住得意地笑出声来。阿订姑娘站在嫂子身后，狠狠捏了嫂子一把，也轻声嗤笑起来。

屋内的男女一定是听到了。他们开始淅淅索索似乎在商量什么。然后应该是有个人轻手轻脚走到门边，小心翼翼地试图抽出门闩，一点点、一点点地挪动。然后门开了条缝，却因为被锁住而没法继续打开。几分钟的沉寂后两人又开始窃窃私语。

估摸着是他们发现门被人从外面锁了，商量该怎么办。声音起初还极力压低，时断时续，渐渐嗓门就大了起来，有时候还异常尖锐，站在房门外都听得一清二楚。然后两人似乎厮打起来。啊，他们确实开始相互破口大骂。那女的骂男的道：

“闭嘴！还好意思说我……老娘正睡着呢你管我！谁让你摸着进老娘房里的？”

男的还嘴道：“谁让你勾引老子？”

“谁勾引你这挨千刀的了？老娘是被勾引的还差不多！”

“你这婆娘的脸是有多漂亮，老子还勾引你？”

“那你这脸又长得好看不成！毒舌的家伙！”

夫人和小姑子站房门外听着，笑到肚子疼。一边笑一边骂：

“跟猴子似的！还真是天生一对！哎哟老天……”

“就这模样还小少爷（com ông ẩm）呢！”

“铜壶（Ấm đồng）还是陶壶（ấm đất）[①]？挨千刀的爷！钻

① 译者注：ông ấm 在越南语中意为“少爷”，同时 ấm 又指“壶”，故此处故意将多义词混用以示轻鄙。

别人家女佣房里的爷！”

“等明天，光天化日之下再好好看看你们这嘴脸！”

“就是，等明天一早，先生回来有你们好看的！怎样也得押出去游街，让全村都看看！”

房里一片死寂。不知道他们是因为被外人听到正羞臊到不行，所以无心争吵，还是陷入惶恐和焦虑？

第二天上午，先生才回到巷口，夫人就已经迎上来，嬉皮笑脸道：“您出去了一个晚上，也没能在家看着……昨晚，我们抓到了一个贼。”

“就会胡说！”

“真的！那贼潜入了阿利嫂房间。我趁机锁住了门，把那家伙关里面了，您赶紧去看看。”

阿订姑娘看着兄长，诡谲地一笑。夫人给小姑子使了个眼神，也乐不可支。先生立刻猜到事情不那么简单，急忙直冲厨房。妻子和妹妹一边紧紧跟着，一边哧哧地笑：“把钥匙给你哥开门。”

阿订姑娘递过钥匙。先生打开门锁，猛推开两扇门就受到巨大惊吓，转过脸来，面色惨白，眼神里写满惊慌。夫人和阿订姑娘有些错愕：“怎么了？”

她们往刚打开门的房里张望。一双淤紫的腿悬吊在半空——这是衣虱郎中的腿。他上吊了，用阿利扔在角落的一条细长米袋。他的脸因为淤积充血，肿胀得像砧板般大。头侧歪向一边，如同赌气的孩子，看着真是糟心。但根本没人有心思怜悯他。这是命案！麻烦得很！麻烦大了！全家开始手忙脚乱，慌得脸色铁青。唯独阿利还躺在那儿睡得正香，嘴巴大张，呼噜打得跟锯木头似的。夫人在她脸上啪啪拍了五六巴掌才醒，猛坐起来，茫然四望。等她看到半空中的情人，就开始满地打滚，哭着嘶吼得像一条不愿被绳拴住的狗。真是苦了那郎中。等他们吵完架，阿利躺下就睡死了。哪想到那时候自己的情人坐在一旁前前后后想了很多很多。他羞臊悲愤，愤世嫉俗，怨天，恨己，悔到肠子都青了，想到第二天一早要忍受的侮辱……

于是他擦亮火柴，找了根可以用来做绳子的东西……

1944 年

一场婚礼

阿寅醒时，家里还黑咕隆咚的。腊月里天亮得晚，其实屋外鸡鸣此起彼伏已久。她脑子还裹着团模模糊糊的意识，恍恍惚惚似在回忆梦境中曾去过的地方：还未完全清醒的她只觉鸡鸣声在自己似睡非睡中交织一片，缥缈而遥远。兴许是旁边鸡舍那只秃毛公鸡兀然的一声鸣啼才让她完全清醒过来。这鸡正是学啼的时候，啼声短促而嘹亮。想来是只强壮的公鸡。阿寅脑海中开始想象这只鸡壮硕的样子，莽撞又愚钝如同一个十六岁的少年，两足高长，光秃的脖颈左啄右点，大红的鸡冠刚冒出个小头，尾巴短小。这鸡常到家里来刨草籽刨垃圾，这让阿寅很生气，好几次都想宰了它。

阿寅撑坐起来，四下摸索着爬出了稻草窝，径直往门外走。屋外晨雾缭绕，寒气刺骨如刀，把她冻得直抖，连着就是几个喷嚏。寻思着得赶紧活动起来，尽快做点什么让整个人暖和起来——都这么冷了还直挺挺站着缩成一团那不是更冷——阿寅拿起扫帚，专心打扫起院子来。不管脏不脏，每天晨起洒扫她一天都不会忘，跟拂晓前就起床一样已经养成习惯了。这专注劲是她当学徒那几年训练出来的。

阿寅还未满十二岁就被送去给人当学徒了。那时她脑袋上还扎着两个髻，才刚能够拿稳扫帚帮着扫扫地或者做一小锅半生不熟的米饭。阿寅的母亲自幼就是极苦出身，因此精于打点盘算。她觉得自己孩子已经长大，应当让她尽快从这个土地少、没田耕、无布织，也等于没任何基业的家里逃离出去。孩子待家里成天也就是玩，如果放任她在外面晃荡学些小孩子的无聊把戏，那她也就算废了。还不如送她去别人家当学徒，让他们逼着她学点这样那样的轻活练练手，这样有活可干时才会干，否则整天在外瞎跑野惯了，等真要干活时不是碰倒这个就是撞碎那个，成了那种给个戽斗[①]不懂汲，给把秧苗不懂插，让坐纺机前织点布就拿着个织梭手忙脚乱的姑娘，那真该扔去喂老虎了。母亲下了决心要送阿寅去当学徒学着织布种地，日后才能自己养活自己，这是往长远谋划。另外还有个眼下的好处，那就是省钱：家里少张嘴吃饭，每天能省点米，那阿寅的弟弟们好歹也能吃饱点。倘若还能赚点工钱，岂不更称心；就算工钱都没有，人家每年也总能赏些衣袜鞋帽。为人父母的如果不能指望孩子，那也就不用替他们着想了。

于是阿寅就去当了学徒。她去了区长太太柳夫人那儿，一户有九十台织机的人家。柳夫人要阿寅和其他两个孩子干些杂

① 译者注：一种取水灌田用的旧式农具，用竹篾、藤条等编成。

活并照看纱锭。第一年工钱是一元，另能给些宽大的短衫、裤子和腰带。如果能吃苦又听话，柳夫人还会再多给些。至于伙食，柳夫人对于约定的事还是很分明的，她也不敢说一定能吃饱，因为虽然富有的名声传扬在外，但实际上家里也得按定量分配：早餐每人一把巴掌大小的米饭，中午则三勺满满当当，晚上红薯芋头。对于孩子来说，这么三顿应当也不至于会挨饿。阿寅的母亲觉得这伙食已是相当优厚了，实际上阿寅在家一天哪能吃上三顿？每天只有午餐一顿，极少才有一顿能让每个人都吃上三勺满当的米饭，一般都是两勺，或者两勺多一点。有时是一勺。有时可能一勺都没有，得吃芋头红薯充饥。这样阿寅都能受得住，那在柳夫人家自然也受得住，至于开不开心，那是另一回事。一个人只要能吃上饭就能长肉长血色，也许用不了多久阿寅就能白白胖胖，母亲想想就高兴。她断定，不出三五个月，如果阿寅哪天得空能回趟家，全家就能惊讶地看到阿寅丰满得像只鹌鹑，肤白貌美还水灵，出落得像个大姑娘。

这是多么不切实际的幻想！因为不久后阿寅倒是回过家，但依然瘦得像根棍子，呜咽哭着说想和弟弟们一起留在家，让吃什么吃什么，让干什么干什么，只要不再逼她再去柳夫人家。有钱人家的饭吃得太艰难了。吃了他们的如果没法回报，他们就算让你吐出来也是要还给他们的。阿寅那么身柔手弱的，宁愿挨饿也想留在家里。可母亲说什么都不听。疼孩子就把爱放心底，千依百顺那是害了她。哪个孩子不想留在家里享受父母的呵护，这样就没人能伤害自己。在别人家做学徒，吃别人的饭，拿别人的钱，自然要做出能够回报人家的饭和钱的事。做的还没别人给的多，自然人家会心疼钱，别人心疼钱就会说几句，说了自己能听进去也就算了，听不进去就要挨打挨骂的了。人家打骂是自己的福气，不打不骂怎么打磨成个像样的人？母亲跟阿寅说，肯定是你没做对人家才打你，人家怎么打老娘都不会心疼你一下。要想活下去，你就回柳夫人家去，不回去你爱上哪儿上哪儿！老娘也不收留你个小蹄子，老娘拿不出什么来养活你……

呜呼，现在阿寅那可怜的母亲已经去世一年多了。每每想到母亲，阿寅都无比惆怅。因为她虽然嘴上这么骂，但心里可不是这么狠的。在故意摆出刻薄嘴脸好让阿寅甘心离开后，母亲开始捂着脸呜咽。她对丈夫说：每想起孩子都心疼到肝肠寸断，但又能怎么办呢？老天要我们遭穷困的罪，孩子在家也吃不上一顿饱饭，可就算吃不饱孩子都还觉得比待在能吃饱饭的别人家强……但试问我又能养活她一辈子吗？最多再过个三五年，有谁看上她来为自家儿子提个亲，我难道不应允？到了夫家，做饭做不熟，洒扫不干净，那人家还不骂爹骂娘？何况她这辈子路还长，不让她多逼逼自己，让自己习惯吃苦，到头来苦的还是她自己。我逼她出去做学徒是替她往远处想，哪是贪那每年一点工钱？

阿寅的父亲一声不吭，只叹气。但他也每日每夜地发呆，似乎在想着阿寅。事后阿寅的弟弟把这些都说给了她听，她才知道这一切。于是她不想再让父母为难，再苦再累都咬牙坚持，不敢再哭喊着要回家了，日子一长也就习惯了。生活从来都苦，但一个铁了心要坚持的人是再多苦也都能扛下去的。

阿寅在柳夫人家整整待了两年，农历一月初才回的家。去年雨季，母亲腹泻几次，不肯忌口还执意要外出干活。时晴时雨的天气最伤人——一个本就刚病愈的人哪还多少气力对付？母亲大病一场，撒手人寰。这么一来家里就只剩父亲一个大老爷们带着俩鼻涕都还擤不干净的孩子：他们什么都不会做。两个小的跟阿寅岁数相差比较大，如果命运能让他们长大成人，那现在也该能做饭能洒扫了；但一年前，两个孩子先后隔了几天染上天花，也是先后隔了几天相继死去。阿寅的父亲一直扛着挨到年底，才到柳夫人家领女儿回来。阿寅在家照看两个弟弟，打理那小小的园子，让父亲好安心外出务工。父女四人终日忙碌，相依为命。穷人家的孩子早当家，阿寅才十五岁就已经能家里家外地操持，知思虑善照料，做得一点都不比一个老练的内助逊色。

但老天似乎并没打算让阿寅父子喘口气，日子过得一天比一天煎熬。米珠薪桂，连果腹的玉米、薯类也很难采收了。甚至盐巴都变得稀罕：没哪个店铺愿意只卖个几分。钱都不能算钱了，工钱虽然也有涨，但相对于物价来说那就是杯水车薪了。以前一个人一天赚一毫半就已经够全家吃饭了，现在每天能赚三毫，翻了一番，但拿去买米还籴不到以前的一杯。因此也只够一个人吃。有活干的日子尚且如此，没活干的日子呢？也不是天天都能被雇的。就这样还要遇上暴雨、洪水，还是连绵的洪水，到了收获早造[①]的时候天气又开始变着花样干旱。而那些有钱人哪甘心自己损失一分，就算稻子在家里囤到发芽都不肯拿出来卖。大米一天一个价，都不知道要干什么活才能赚到钱买得起米。一天深夜，已经对着孩子长吁短叹到更鼓过后的阿寅的父亲继续长叹口气道：

“穷成这光景，如果留在家只能一家人坐着饿死。现在已经这样，那到二三月份那还不知道要苦成什么样。我们父子还

① 译者注：早造指收获期较早的作物。

要吃要喝，就真要开始打算了。过不了几天就是春节了，罢，咱们就这样挨过一月再说。”

父亲问阿寅怎么看。“咱家只能做点零工，现在又过了耕作的时间。等过了一月，我肯定十天没活干，可能一天有得干。”

“这样咱才更要打算，如果有活干那还担心什么？没饭吃也有粥喝，只要不饿死……但现在是没活可干！所以爹想着上山林一趟。”

“啊？！”

“啊什么啊。现在人家去那就跟赶个集一样。听说那边还更容易谋生计。咱村就张训家那帮人，他们只几兄弟去，个个回来都赚到了钱。”

“这上刀山下火海的钱哪那么容易赚呢，搞不好还掉水里，那可就够受的……”

“最坏不就是死，还能怎样？那也好过在家坐着饿死。那你说说，不豁出去这么跑一趟，还有什么办法可以赚到钱，嗯？”

话是没错的。阿寅不知该怎么回答，只好沉默。父女俩停了几分钟，两人都静默着。阿寅突然问道：

“我们姐弟也一起去吗？”

“不，我先一个人去，看看情况。”

阿寅慌得叫起来：

“算了吧！我们哪敢在家！夜里就三个小孩！”

她怕一把米或是红薯芋头也没办法留住吃，但父亲说：“这事爹已经思量过了。你们那园子我会托旅叔照料，再怎么耕作也还不够那两个小的吃？如果不够那我就到……”

“那我呢？”父亲一定是又想送她去柳夫人家还是哪家做工了。“那也行……”阿寅暗想。像她这样的身世，又能说什么是自己想要呢。但想到一家人就这样散落各处她有些伤心。父亲在一处，孩子在另一处，姐弟三人还各在一处……她刚想劝阻父亲，父亲先她开口了：

“至于你，爹给你许个人家嫁了。”

婚事让阿寅感到羞怯，所以一时竟也说不出什么来。还是父亲继续说：

“罢，终究还是得有这么一遭。极力留也留不住多久，何况人家也提了很多次亲了。就算我一直苦求说等你娘的丧期过了再说，但人家坚持要现在就谈。谁让人家姑娘也快要出嫁了，他们家也缺人手，不娶你回去连个可以使唤点家务活的人都没有了。难道人家替咱们着想就是应当的？人家合乎规矩那咱也应当合乎规矩，看人家这么坚持，我也只能顺着了。”

阿寅怒火噌一下起来了：

“顺着！顺什么顺！您就说，孩子他娘走了，弟弟们还小，只有这个稍大点的女儿要留家里做饭烧水。”

“爹跟人家说了，但人家就是不乐意……”

“不乐意又能怎样？还是咱自己说了算……”

“是咱自己说了算，人家还能把咱抓了不成？人家只是苦苦哀求，向我诉苦。我发誓，如果那老太太不是在我面前哭了两三回，我就被雷劈死。她向我作揖说：‘是这样的先生啊。您家苦，但我们家比您更苦。孩子他爹走了，我只这么个儿子，您要是看我们可怜……’都说到这个份儿上，爹还怎么好意思拒绝？”

接着，父亲又小声道：“那时候你娘一病不起，家里一个铜子儿都没了，爹还能上哪儿凑去？只得拿了人家二十元做聘礼。人家是想着先给礼金，等年底或明年就提亲。现在爹也只能央着人家，但难不成就这样求一辈子？搞不好人家还以为我在招摇撞骗！那天人家又上门说来了，想定在一月。但那时到一月才几天？不管怎么说，你都是得嫁过去的。你过去了，爹一个人也没办法既看孩子又干活。所以我必须把两个孩子寄养在别人家，自己进趟山。若可以谋生，我就带他们去。心下这么盘算好了，我就跟人家说：‘如果您一定要现在就操办，那我觉得就年内吧。’人家也问我了：‘感谢您可怜咱，既是对我儿的怜爱，也是对我的体谅。您的宽厚实在是我们家天大的福气。我们家的境况，想来您也比较清楚了。咱一样都是贫贱之人，两家姑娘也都是玩伴。如此您觉得衣裳该怎么添置、酒食该怎么张罗，请告诉我们，我们来置办。’我想破脑壳也不知道该怎么回答才妥。以今年的布匹钱粮……要得少了不知道怎么裁衣，一套宽大的短衫都要近三十元钱。要得多了又会背负个坏名声，何况人家拿什么买给我们？债台高筑到头来还不是苦了你们！我只能这么跟人家说：‘您想给姑娘怎么置办就怎么置办，我就不做这个主了。’那老太太就说了：‘咱们谁跟谁呢，就算不说您也知道，就当下这不景气的世道，十户人家里可能才一户有钱添置衣裳，其余都是身上打补丁，手上绕细绳。您家想必是这样，我家也一样。给姑娘添置长衫[①]也就婚礼那天穿一穿，过后就压箱底了，就咱这家世难不成还有庙会节庆要出席，非得置办华服不成？既然您也发话了，那我就给姑娘置办一套布衣衫和短衫就行了，您看呢？这样平时也能穿。婚礼那天如果姑娘还没长衫，那我就把我那套给她穿吧，您觉得呢，让她在自己的大日子穿上以免姑娘还是个孩子

① 译者注：即奥黛，越南女子传统服饰。

会觉得委屈。往后平日也就穿打补丁的衣服，都带过来穿。长衫就收起来，这样，家里一个婆婆，一个媳妇，一套长衫也就足够了！婆婆要去哪儿就婆婆穿，媳妇要去哪儿就媳妇穿。那这样给姑娘添置衣裳的事也还算过得去了。另外酒食您是怎么打算的，请您告诉我。’人家这是在问我是不是另外还要槟榔酒和聘金，我想想也不应当再多要了。一年多前就已经拿了人家二十元钱，都快一年半了吧。何况现在还是你娘的丧期，婚事也没必要声张，办完了就成。所以左邻右舍、叔伯兄弟我就都不告知了，男方家也这样。那老太太挺实在的，她说，如果女方家要置办三五桌宴席，那咱就办；但男方家就不再请亲戚了。应有的礼数得有，但说实话一分一毫都得举债。举债多了日后苦的也是你们而不是别人，所以我就说，老太太啊，纵然老话说‘独乐乐不如众乐乐’，但既然连男方家您也不打算请谁，那我们女方家现在还在孩子他娘的丧期，我也不想请谁。所以老太太打算看个日子就她和你丈夫过来，我也就让你两个弟弟去送你。就这样把这事办了。有谁会笑我们不成？

“至于聘金……照理我不应再多要才是——孩子他娘走的时候，我拿了您二十元钱，这本是我该考虑进去的——但俗语有说，富卖狗，穷卖女。我其实还欠着一屁股债，左右有十元。也不敢硬逼您来帮我，但替孩子他妈操办丧事时借的债我确实想要多几元礼金来还。其实这笔钱也算姑娘的钱，权当姑娘掏钱报答她妈。当然我也没敢指望这笔钱，而且我也没说实话，哪是我的债没紧着还，是我想拿这钱等过了一月就进山……”

阿寅一边拿着光秃秃的扫帚在小小的院子洒扫，一边默默回想那晚的情境。今天就是夫家来迎亲的日子了。昨晚等两个弟弟睡下，两父女相对长吁短叹良久。阿寅哭了大半夜，几时睡着的也不知道了。早上醒来她只觉似乎才合眼没多久，整个人累到不行。尽管这样她还是起身开始打扫院子……

等她忙完，太阳已在东方初升。早晨的几缕阳光戳破层叠的雾幔，撕出一缕缕翻飞的光柱，光芒顺势倾泻而出。一瞬间，天地都亮堂起来。阿寅到池塘边洗漱，回来看到父亲和两个弟弟也都起来了，两个孩子各抱住父亲一边腿。

父亲呆滞地坐着，两边眼皮肿胀。阿寅低下头——她猜到昨晚父亲也哭了。她假装在找扫帚，尽管她知道家里除了自己刚用完然后放在外头那把之外，并没再多一把。

父亲说：

“今天你去趟集市吧。”

“去买什么？”

“买点鲜茶和槟榔。人家过来也得有口茶喝，有块槟榔[①]嚼才妥当吧。”

“唉，哪这么啰唆！”

“怎么就啰唆了？没有那是万万不行的。”

阿寅抿嘴笑了。大的那个弟弟一手搂着父亲大腿，另一只手挥着蹦跳起来，揶揄姐姐：

“羞羞，羞羞，有人今天要嫁人了……羞羞。”

阿寅拉着脸瞋了眼弟弟。父亲担心女儿太过害羞，在儿子脑袋上敲了一下骂道：“小子安静点！我要好好叮嘱你姐。买大概两分鲜茶……”

“搞半天才两分，茶店不肯卖怎么办……”阿寅叫了起来，

---

① 译者注：槟榔片、蒌叶、蚌灰三者之合称。蚌灰搅匀，用小棍涂少许在蒌叶上，将之卷起，然后切开槟榔，将已卷好的蒌叶夹放在中间，三者一同嚼食。

故意大声笑起来好掩饰羞怯。父亲也笑了，问：

“两分不卖，那多少才卖？”

“最少也要五分，买得少他们找不开。”

“那就买五分吧，这样能煮多少壶？”

“一千壶！您老人家一辈子都没去过集市，还以为茶多便宜。像以前大概一分可以煮一壶，现在得五分才行，煮稠一点一壶就用精光了。”

父亲咂舌：“啊，我的天。”

“真的，如果有假你砍了我脑袋。要买就买，不买就算了，别听到贵的就跟买人参似的。”

“贵也要买。五分钱鲜茶，两分钱好点的槟榔！”

“好点的要八九分一个呢。”

“那就是三分一口槟榔？”

“是的，差不多就是三分一口。”

“老天！这都什么世道？这么个破烂玩意儿也这么贵！所以我还是那句话，这光景干什么都不应铺张，动下指头都是钱。假如真要摆宴席，少说也得花个五十元。再好吃也就从喉咙过了，自己这辈子都没吃上顿饱饭，还要人家替咱的亲戚置办酒席才叫造孽。还不如全免掉。”

“您确实是这么做的……统统免掉！所以我现在就是裸嫁。”

“裸嫁也不是不行，你娘当年就是裸嫁过来的，那不一样一辈子相濡以沫，生儿育女，比那些举办过盛大婚礼的夫妻还恩爱千百倍，造孽啊，多少曾举办过盛大婚礼的夫妻，又一个接一个以分离告终？”

阿寅又一次抿嘴笑了。因为提到了妻子，父亲突然想起一桩事：“还有件事差点别忘了！你记得买几炷香……今天是你出嫁的日子，宴席没有也就算了，若连几炷香都没有那就真的罪过了……”

父亲的言下之意——对已故之人的追思——让父女二人都陷入忧思，眼眶湿润。父亲长叹口气，不无伤感地道：“如此，我请亲家母置办一桌酒菜供奉你娘。活着的人没得吃就算了，但已经去了的……”

阿寅哽咽起来。她怕还站那儿自己会忍不住号啕大哭起来，故意说：“罢，我去集市了……”转身往外跑。等跑出院子才听到父亲缓缓答：“嗯，去吧。”

那天傍晚阿寅的婆婆和丈夫才到。两人都穿着短衫，婆婆肩上搭了件已经发白褪色的棕色长衫。新郎手里拿着根槟榔桠，约莫十来颗果，进了家门局促地不知该放哪儿。他母亲看了便道：“孩子，劳烦给娘拿个碟吧！”

阿寅的脸唰一下红了。两个弟弟看她这副模样，哧哧笑了起来。她顺着婆婆的话哧溜一下跑了出去，很久都没再进来。她父亲只得接过亲家手里的槟榔放到供奉她母亲牌位的桌上，然后大声道：“去烧点水吧阿寅。”

见女儿没应，只能转头对大儿子说：“赶紧去叫你姐烧壶水。”

然后亲自去拿小棍出来好卷槟榔。婆婆立刻开腔了：“亲家啊，您已如此体谅，还亲自动手，这样也着实是抬爱了，一切都考虑得周全，什么都通融了，您这份心意让我们无比感恩，也因为自己的不周全而无比羞愧。我们这样着实欠妥。但谢天谢地……我们也想再尽量周全点，但现实让我们也就只能置办到这一步了，还愁眉苦脸想着只能将就着做到九分当十分了，不像您就真的是宽大为怀到做一分都当了十分，甚至无欲无求地一分都没有也应允了。如此我儿的人生大事方能操办妥当。若换作别的岳父那坚持统统要置办周全完备的做派，我们家哪能承受得了！说不好我儿这辈子就没法娶上媳妇了。但还好福泽深厚，遇上像您这样体贴女婿的岳父，这样想来上天待我们家还是不薄的。

“罢，现在您什么都替我们考虑周全了，今天是良辰吉日，我也置办了槟榔盒请您一起，叫孩子向诸位行礼。首先是列祖列宗，然后是我们家先翁，再就是向您行礼。没有钱财米肉或者盘高筵丰也应当作揖行礼体现孩子对祖宗、长辈的一点诚心。然后就请您让我们把姑娘接回家过日子。”

父亲只用简短的一句话来回应这一套套华美又虚无的辞藻：

“好的，请您先坐下慢慢享用茶水和槟榔。”

然后父亲又提高音量向阿寅道：

“阿寅啊，水开了就端上来吧！”

然后父亲又缓缓坐回位子上，心里苦闷极了。过会儿人家就要把阿寅接走了。今夜就只剩自己一人跟俩孩子了。家里又会像孩子他娘刚走那时那样凄冷寥落。十天半个月后自己还要扔下俩儿子溯江而上……

天啊，是有多痛苦……父亲整个人都蔫了，暗想：如若阿寅不用出嫁，或许他这辈子都不用上山。他就在家陪着三个孩子，四人相依为命，现在要扔下两个孩子，实在心如刀割……啊，原来父亲得另谋生计，正是因了阿寅出嫁而不为别的。阿寅出嫁后就没人替他照看园子屋舍和幼子了……父亲愁苦极了。他极其简短地回应亲家母冗长的絮叨，亲家母则相反，话多极了。她的喜悦写在脸上，说得滔滔不绝。因为一个人的口才一辈子可能也就只有几次展现的机会，而她只一次——她就这么个儿子。替儿子娶回个媳妇哪这么容易？更别说家里还没几个钱，这得披多少荆斩多少棘！只要是还没能给儿子娶回媳妇，那终究还得跑断腿，求爷爷告奶奶地磨破嘴皮子。现在老太太的任务算是十成做好九成了，仅剩最后那一点点而已。何苦不砌一堆甜言蜜语把这事做圆满了呢？人家嫁个女儿什么都没得到，那好歹也听点顺听的话称一下心吧……

到了晚上，终究到要出门的时候了。男女方家总共也就六人。父亲本想着不去，但婆婆执意要请，何况父亲不去的话两个弟弟也就没办法去，而阿寅正哭得一塌糊涂，若就她一人出门肯定不乐意。父亲只好拿了几枝树杈铺好路，然后一同出门了。

阿寅不愿穿婆婆带过来的长衫，所以还是婆婆搭回肩上。阿寅就穿着平时的衣服——一条又宽又短，打满大补丁的裤子，一件已经褪色也是多处缝补的棕色短衫，一边袖子已经破破烂烂，几乎碎得不成形。她抽抽搭搭地走在婆婆身旁。新郎牵着阿寅年纪稍长的弟弟，父亲则背着阿寅另一个弟弟。一群人在冷雾和夜色中踽踽而行，如同摸着黑静默地互相搀扶去寻找今晚落脚之地的一家人。

到了夫家，婆婆请阿寅的父亲喝茶吃槟榔，然后杀了只鸡，做了一桌菜款待他们父子三人。阿寅既羞怯又伤心，不肯吃饭。父子三人默默吃着。父亲只吃了几口就放下碗筷，一边剔牙一边等孩子们吃完。他催促他们快点吃，不然回到家就半夜了。大的那个孩子嘴里塞太满，被噎了好几次。等两个孩子都吃到不吃了，父亲让他们喝点水然后起身，向阿寅的婆婆道别然后往外走。父亲牵着大儿子，背着小儿子。阿寅站在院子

外等着他，依然在揉眼睛。父亲心下不忍，停下看了阿寅一会儿，然后无不心疼道："罢，我带你弟弟先回去了。'

阿寅哭得更大声了。两个弟弟也不再取笑姐姐了。大一点那个突然也放声哭了起来，小一点那个呆呆地看着也不知道发生了什么。父亲爱怜地骂了句："你们这些鬼东西……"

婆婆看阿寅哭得厉害，紧着跑了出来。阿寅的父亲赶忙往外走。阿寅后边追着，号啕大哭："爹，爹！"

"他娘的，消停点让我回去！"

"爹，你别……去……上山！"

父亲觉得心下不安，回道：

"好……知道了……他娘的。"

1944 年

捞香槟

厨师思叔极为注意讲究卫生。他常说："这里气候不佳，那些人如果还没适应热带地区的水土，又不注意卫生的话，就很容易死，而这种风险往往是饮用水不洁净导致的。"所以他的饮用水必须保证绝对干净。他把他那蓄水池看得跟自己媳妇一样要紧——甚至比媳妇都要紧。因为媳妇可以让别人握手，但那水池，如果谁想要用脏手或脏桶染指进那就有你好看的了。

在主人家，思叔最喜欢的就是这口饮用水蓄水池了。池子有一间宽敞的房屋那么大，屋顶的雨水沿着两根水通槽倾泻而下。池面盖得严严实实，除了一个方形槽口，每格大概一米宽，有水渠一样严密的盖子。假期主人夫妇去了河内，思叔的儿子阿齐就会把池子盖得严严实实然后爬上去，单腿跳模仿吕布捕虎或者可着劲跳模仿武松打虎。池盖是钢筋水泥做的，四十个阿齐上去跳都没问题。

阿齐是思叔的独生子。他母亲的服丧期刚过。他父亲生性善良，很疼爱儿子。思叔不像其他男佣一天换一个老婆，或者找这个妓女那个妓女做情人。妻子去世都三年多了，每每念起，他仍伤心不已。有时候坐得好好的，他会突然呜呜哭起来，别人问了他就说，就是往年今日，自己求了主人回老家接了妻子来此团聚，结果现在妻子忍心撇下他一人撒手西去。每逢农历初一、十五他都会烧香供奉妻子，供奉完还热泪盈眶，长吁短叹。阿齐看在眼里也很心疼父亲。

只是随便说说那不能叫心疼。把爱深埋心底毫无意义。要想办法把这份心意表达出来才行，也就是说，必须尊敬父亲，听他话，多帮忙——这是阿齐的老师刚刚在课堂上讲解伦理时教导的。所以当阿齐夹着书本回到家看到父亲时，他就想起老师这番话。于是他特地看了看父亲在干什么。在干什么？思叔正把肚皮搭在水池边，两脚悬吊在外，上半身探进池子里。没道理这么洗头的。阿齐静静站那儿等着。思叔忽然滑下耷拉在半空的两条腿，抽出脑袋，蓦然瞥见有人就站在边上，不知道是阿齐，所以结实地吓了一大跳。阿齐微笑着轻声问好。

思叔支支吾吾了好一会儿才说得出话来。“啊，阿齐，你回来了！”

思叔咧嘴露出浑浊的黑牙[①]嘻嘻笑起来。事实上他的心还怦怦跳得厉害，只是稍微定了定神。

阿齐有些后悔把父亲吓成这样，看他这样实在于心不忍。父亲道：“他妈的，我掉了瓶香槟到池子里。”

① 译者注：越南人喜吃槟榔，牙齿容易染黑。

“那您试试伸手进去捞出来？”

“捞个鬼！手指头刚刚只能够到水面。”

“那怎么办？”

“所以才麻烦啊！一会儿没酒喝就真是要我命了。”

阿齐想了想，小声说：“或者我潜进去？”

思叔又咧嘴嘿嘿笑道：“你行吗？”

“行。”

“但就怕你小子进去弄脏水就麻烦了。”

“不会的，要不这样咯，我现在拿肥皂洗个澡，把脚也洗得干干净净，再进池子里。”

这小兔崽子真是机灵，反应这么快。思叔一脸佩服地看着儿子，但还是下不了决心，依然咧着嘴犹豫地笑着，就像一个胆怯的人被别人怂恿着干一件冒险的事。但阿齐已经下定了决心。他一溜烟跑进屋放下书本，然后脱衣服，不一会儿就光溜溜地跑了出来。

“我去洗澡了！”

“还是算了，小子。别让那鬼婆撞见。”

鬼婆指的是女主人。阿齐望向楼上，问：“她睡没？”

“睡是睡了，但如果醒来呢？”

“没事！您上去把楼梯口的门关上。关外面那道，这样就算她醒了也下不来。只要她叫了那我就出来，跑进屋关好门，您再上楼给她开门。”

又犹豫了几分钟，思叔只好从了儿子。阿齐的鬼点子就要付诸实践了。

阿齐洗完澡了，思叔已小心翼翼地把儿子冲淋得干干净净。然后托起来，慢慢滑入水池。阿齐觉得这把戏很是好玩，嘻嘻笑着。他想起以前到跟这水池一样隐蔽的湖里潜水。

“小心点！水很深的！”

“没问题，我水性好着呢。您放手吧。”

阿齐咕咚一声滑了进去。这时门外突然传来“哐当”一声，接着一阵皮鞋的嗒嗒声越走越近。

“完了，先生回来了！”

思叔慌张地叫了起来。因为他大意了，只想到拦着女主人，却忘了男主人也该下班了，没来得及闩上外面的门。他催促阿齐：“快出来，快出来！”但哪来得及？先生已经走进院子了。思叔吓得整个人如石块般僵直。男主人见状顿生疑窦。他盯着思叔的眼睛。思叔只觉四肢疲软，几近无法呼吸。偏此时，女主人的声音又在楼上响起：“阿思！阿思！”

“是鬼婆！”

“门！门！”

女主人乒铃乓啷地拍着门，边拍边叽里呱啦一长串鬼语。思叔来不及搞懂但也听得出这是在威胁。他慌地手足无措——更别提男主人还板着一张脸，严肃而讥讽地盯着自己。

思叔无比窘迫地低着头。男主人立刻猜想到思叔是在做些见不得人的事，比如说偷窃。他环顾思叔四周，没看到赃物。他又望向思叔那小屋子，发现门开了条缝。他笑了笑，觉得自己猜到这个善良的厨子在极力隐藏些什么了。他敢打赌，那小屋子里绝对藏了个女人，正一脸惊慌失措，衣裙散落床边。这也不是什么错事，毕竟人家媳妇都去世三年多了。但看思叔满脸的惶恐，他想跟厨子开个玩笑。他大声对妻子说：“等一下，我给你开。”

他妻子嚷嚷起来：“啊，原来你在啊！”

“嗯，是我。我就上来。”

然后他特意清晰地接连吐了几个词好让厨子听明白：“ Moi oublier Innettes bureau. Lunette.”[①]他一边重复这些词，一边拿手指着自己眼睛周围比画出眼镜的形状，“懂？”

“遵命。”

“Va chercher！”[②]

“遵命。”

虽然嘴里说着遵命，但思叔就是不挪腿。男主人以为厨子没听懂，又说一遍比画一通，然后又问：“懂？”

有什么不懂的呢？思叔听得懂鬼话。男主人是说，自己把眼镜忘办公室了，差思叔去拿回来。他懂得很，但阿齐还在水池里……

男主人催促道：“去吧，赶紧的！”边说边推着厨子的肩膀往门口去。

“遵命。”

思叔赶忙把水池盖好以免被男主人发现，紧着跑出去了。男主人望着厨子的背影笑了。他打算让思叔精疲力尽地跑一趟，让自己有时间到他屋里看看。他会揪着那女人的脖子拉她出来，给她戴上自己的眼镜，强迫她在床上像一尊裸体的白玉石雕那样跪坐着。等自己的厨子回来看到这一幕就会大笑，然后为自己主人的智慧叹服。

但很快他就扫兴了。因为思叔那小屋子空无一人。女人的影子都没有，更别提什么偷香窃玉之事了。他爆了句粗口然后上楼找妻子去了。

---

① 译者注：法语，意为“我忘在办公室了，眼镜”。

② 译者注：法语，意为“那去找吧”。

过了很久，思叔一脸忧心忡忡地回来了：因为他没找到眼镜。这并不是他的错。但性急的男主人很可能会狠狠训斥他，保不准会骂得掀翻屋顶……

思叔轻手轻脚爬上楼梯。男主人正缩在一个大扶手椅里看报——戴着眼镜。思叔错愕之余又添几分担忧。现在他开始担心是他误解了那句话，其实男主人是要他去找别的东西。也许男主人就是使唤他去找别的东西。这才要了他老命呢！谁让他急急忙忙，也不问个清楚再走？

他畏首畏尾了好一阵才壮着胆子开腔：“先生。”

男主人抬起头，仰着下巴。思叔像机器一样读道：“Loong-toong diếc đa-na-ba-luy-nét. ”——Loong-toong 说没有 luy-nét！这是思叔的小伎俩，他也很善于急中生智。Loong-toong 说没有 luy-nét，如此 luy-nét 是什么都可以，先生要想骂人就骂那个 Loong-toong！但 luy-nét 就是眼镜没错，因为男主人用手指着眼镜问：“这？”然后男主人耸耸肩，笑了笑。

过关了！思叔顿时觉得一身轻松，仿佛刚刚卸掉压在自己身上的一块大石。他三步并作两步跑下楼梯，如同一块石头从山上翻滚下来，直冲向水池。四下打量了好一会儿才掀开池盖，探头进去。漆黑一片。大片水面晃动如同墨水。思叔唤儿子：“阿齐！阿齐！”

一片沉寂。思叔顿生疑窦，心猛跳了一下，声音开始有些嘶哑：“阿齐！出来吧，爸拉你上来！”

没任何回应。阵阵涟漪泛起的光圈在夜色中闪烁。思叔看花了眼，脑袋沉甸甸的，头昏眼花，整个人疲软无力。他探身进池子里，一边瘪嘴一边带着哭腔呻吟：“儿啊！阿齐我儿啊……”

他的指头碰到一个滑溜但一动不动的物体。正要大声呼号，突然皮鞋的嗒嗒声从楼上传来。男主人要下来了！思叔突然清醒，慌得赶紧把脑袋抽出来，盖好池盖。还好没被男主人发现。思叔故作镇定地进了厨房，擦拭碗碟好布置餐桌。但想到餐桌，他又开始担忧起来……“还有那瓶香槟！现在上哪儿再去搞一瓶香槟呢？”

那天晚上等主人关灯睡下很久后，思叔才蹑手蹑脚跑出来，轻手轻脚打开池盖，伸手进水池，手忙脚乱地想办法把儿子捞了出来。

第二天一早，思叔才禀报男主人说，自己儿子罹患感冒在昨夜去世了。

男主人很是诧异：“是因为霍乱对不对？”

“启禀先生，不是的。”

“那是因为什么病？”

“启禀……启禀……”

思叔支支吾吾。男主人愈发担心：“赶紧拉出去埋了！撒些石灰！然后拿消毒水全屋喷一遍，听明白没有？”

“明白了。”

“行了，去吧。”

男主人挥挥手，如同驱赶一个麻风病人，鼻子都蹙成一团。出了门，思叔整个人都轻松不少——他觉得自己很是幸运。如果男主人下楼时撞见！如果他知道那孩子在池子里泡了几个小时！

1945 年

一双眼睛

村里的青年指着一扇小门，转身对我说：

“就这巷子了，煌先生住这里。”

“谢谢你。待会儿去你那讨杯茶喝。”我拍拍他肩膀道。刚抬腿要进，他赶忙又拉住我：

“等等，我叫屋里的人先把狗拴住，那家伙又凶又壮。”

我睁大双眼，好奇地轻轻“嘿”了一声。我想起以前在河内拜访阿煌的情景。按门铃后，无论多久我都要等他先出来，抓牢那条牛犊子般大的狗的项圈，把它脑袋摁向楼梯一边，我才敢壮着胆子从那狗尾巴后面三步并作两步跨进客厅。我怕极了这条德国血统的恶犬。怕成哪般呢？有次到访，阿煌却不再出来拉住那狗，而是一脸痛心地告诉我说那狗死了。尽管我硬挤出了满脸的惋惜，但其实心里如同块大石落了地。这狗死于一场饥荒，一场也许在2000年我们的子孙还会相互提起且心有余悸的可怕灾难。它死，并非因为它的主人无法每天给它几块牛肉。阿煌是个作家，也是个精明的黑市买手。当我们卖个血都要千思万虑不知道该卖给谁时，他仍过得风生水起，他的狗也不会饿上一顿。但大街上尸殍遍野，它的死，可能是因为贪吃了腐烂的尸体或者被尸臭熏死的。也是难为它了。

所以刚才一听阿煌一家现在避战蜗居在离河内数百公里之外都还养着条恶犬，甚觉有趣。我嘿嘿一笑，那年轻人不明就里，也跟着咧开龅牙乐了。

阿煌应声后，庭院的青石板路上橐橐响起急促的木屐声，随后一个顶着黑色贝雷帽、穿着灰色毛衣的小身子露了出来，乌黑的大眼睛扑闪扑闪地打量着我。

“啊！是度伯伯。爸，是度伯伯！’

这是阿煌的儿子阿语。他都顾不得向我问好，转身兔子般一溜烟叫着跑着回屋了。

“干什么，干什么了？嗯？”

阿煌的声音低沉而故作威严（跟儿子说话他从来是拿这种故作威严的滑稽腔调）。阿语叽叽喳喳了一通什么我没听清，随后就传来阿煌嫂清脆的声音：

“阿语去把狗拴起来。啊，得拴最边上那柱子才行。”

接着阿煌迎了出来。他很胖，走起路来只能不紧不慢地蹒跚着。边走两只粗壮的手臂边随着步伐向两侧摆动，腋下鼓出的厚厚一圈脂肪让两截手臂看起来极其粗短。同样是这迟缓的举止，彼时在河内，却因阿煌穿了套西装而显得庄重，甚至透出一丝威严。此时穿的浅绿色睡衣外套白色毛衣勒得他仿佛快透不过气来，也将这种蹒跚步态暴露无遗。

他站在门内侧愣住。肥大的手掌朝我这边微伸，脑袋朝后边微仰，嘴半张，一副惊讶，又或者说狂喜的神情。他愣神的工夫正好让我有充分时间打量这张如满月的脸盘上的变化：嘴角四周多了圈“马掌铁”，如同把小刷子。

好一会儿他才回过神来，从喉咙深处略带凄凉地叫起来：“老天！您来啦！稀客啊！”

旋即转身朝屋里喊道：“孩他娘，真的是阿度！这么远他也跋山涉水地来看我们来了！”

阿煌嫂这才匆忙从里屋跑出来，边跑手里还边在系奥黛[1]的纽扣，一件想必是为了迎接客人才匆匆换上的青红色奥黛。她不迭道：“可把您盼来了。刚才小子跑进来说的时候，我们当家的还以为小子看错人了，您都在离这十五二十公里的地方……”

跟我握完手，阿煌轻柔地推着我往里走。阿煌嫂轻快地先我们一步进了房间，擦桌拭椅。我都不知道自己为何会受到这般礼遇。我想起总起义后自己对阿煌的种种负面揣测。

总起义[2]后，他对我忽地冷淡起来。好几次我上门拜访，想看看这场民族的大变革中他有怎样的改变，但都吃了闭门羹。他家的大门永远紧闭，阿语那小子站在门后通过小小的门洞打量我，细细问过我姓名，过一会儿再折返就告诉我说他父亲不在家。好多次了，我不免生疑。最后那次，我按门铃前明明还听到他们夫妇的声音，他们家小子还是斩钉截铁地告诉我说他父母几天前就回庄园那边去了。看来，阿煌回避我已是板上钉钉的事实了。原因我也没半点头绪。但自那次后，我也就

① 译者注：越南女性传统服饰。

② 译者注：该文的大背景是越南八月革命到抗法战争初期。

不再拜访他了。每次在外偶遇，我们也只是很冷淡地握下手，礼节性地问个好，然后就各走各路。

我深知，阿煌素有与友人莫名断交的习惯。有时是因友人的作品得到某个之前抨击过自己几部作品的评论家的青睐，有时甚至不需要到这种程度——比如，一个作家远在外省，于河内的知名度仅限于寄来发表的几篇作品时，他可以是阿煌的亲密好友。但当这作家搬到河内，开始跟其他作家往来时，他就不再是阿煌的朋友了——也许是因为阿煌知道自己在河内文学界的名声并不怎样。

唯有我，之前还不理解为什么阿煌会受这么多人的指摘，直到他跟我断交我才明白，或者说，是看得更清楚了。在同盟军攻克解除在我们领土的日军武装后，有些失足妇女脱下晚礼服换上中式服装。而我这位朋友，也不知是攀附上哪个买办，出了份报纸天天骂得山响。把所有人都骂了一遍后，又拖出自己的旧友：尽是些良善之人，也未曾冒犯他半分，只不过他们的名字出现在国家解放思潮的报纸上并得到拥趸，让他觉着碍眼。他愤懑地讥讽他们是无产阶级作家，说他们是群穷途末路衣不蔽体的混蛋，粉饰太平还一手遮天。我冷笑。我难受并不是因为他口中那些污蔑之词。我难受是因为今时今日竟还有越南的作家，用自己手中的笔在做如此低贱之事。阿煌仍是个旧人——不肯思变的旧人。我曾想，也许我们再也无法亲密如前了。但让我费解的是，这次重逢他竟给我如此礼遇。难道，时间已经足以使他脱胎换骨？还是我们民族抗战的英勇事迹涤荡了他思想里残存的旧念？

听到阿煌的这番絮叨我真心感动：

“我们没有一天不提起你。起初在邻居家一份报纸上看到了你的文章，我就猜你可能也在这个省搞文宣。凑巧有个干部回乡，我就托他给你捎封信，也就想着碰碰运气，其实根本不确定这信能不能真交到你手里，就算送到了吧，你这么忙，也不一定有时间来看我们。没想到还真的能再见到你。你看起来也不是特别强壮，怎么健步如飞？又怎么就能找着我们这个村子？我刚搬来那阵，出家门十米我就迷路了。太多巷子了，条条看起来都一个样！有时明明原路返回都还走错巷子……”

阿煌一家借住的地方算是宽敞了。三间整洁敞亮的砖房，开阔的檐廊，有青砖，有花墙。一小块地被开辟出来种上了新鲜蔬菜，葱郁青翠地煞是好看。

最幸运的还是一家子得以住在一起。屋子的主人也在河内做生意，没少仰仗阿煌夫妇的资本和客源。还有什么比此时更该报恩的呢？屋主利索地挪窝去了边上父亲那里，把整个房子都让给阿煌一家住。阿煌告诉了我这些情况，继续诉说道：

“如若不是寻得这处房子，都不知怎么办才好！我看好多人都得四散逃难。你说说哪里见过亲哥哥到弟弟家避难，这嫂子快临盆了，弟弟就在屋外面搭个茅棚让在那里生！”

我告诉他那是因为乡下的人有避讳的习俗。

“也只得如此了……”他愤懑而不平道，“也只得如此了，都什么时候了，还避什么讳？也就这样了。看兄长现今落难，做弟弟的不予关爱，还一味贬斥，陈年旧事都一一被翻出来作谩骂的由头。一会儿什么‘有余钱时不知饥饱地省点用，天天大鱼大肉！’一会儿又什么‘做生意发达时，让寄点钱回家买田买地就说不需要田地，要在外省买房。现在好了，去找你那外省的房子去呀’之类的，作孽啊。你说说，这样的乱世几百年才有一次？有钱时，谁不用来吃喝玩乐？又有几个人会像他们那样，老黄牛一样地卖力苦干，平时不敢吃不敢穿的，蜗居一处旧瓦也就这样了，就为了省钱买地买田？”

阿煌嫂接过丈夫的话头：

“就算他们是对的，我们也糟心。不夸张地说，当初一百个人里面就有九十九个说那些洋鬼子绝对不敢打过来。甚至收到疏散令时我还以为咱只是做出个样子来示威罢了。结果呢，嘣一下，说打就打了。人是能跑啊，家产呢？万幸我们还拿上了点郊区庄园里的家当算帮补了些，能抵上一年开销。可等这些钱花完了，日子可就难咯。怕就怕那时他们又会冷嘲热讽地。所以啊，照例说现在咱想吃只鸡还没到买不起的田地，但吃吧又怕被人家知道，将来岂不是自取其辱？他们就这般咄咄逼人，您都不知道！”

阿煌讪笑：

“你说吧，他们现在都忙成那样了，怎么就还有工夫老瞅别人的动静呢？今个儿你杀只鸡，明个儿全村都会知道。看着吧，现在你上我这儿做客，我已经看到有人躲暗地里打量着了。明天，我跟你讲，明天你上我家的事儿准保尽人皆知。你姓甚名谁，年纪多大，高矮胖瘦，甚至脸上几颗痣，左边裤腿几个补丁，他们都能给你摸得一清二楚！”

我笑笑，向他解释道：“现在他们对进出村庄的生面孔都很敏感。我敢说，那几个在暗地里打量我的，都是负责任的村委会或者自卫队的人。”

“提到那帮村委会和自卫队的大老爷才气死人呢，脑子蠢嗓门大。妇女怀孕，却硬怀疑人家把炸弹塞衣服下了！他们拼读完一纸证明最少都要十五分钟，就这样却还动不动问过往的人查证明。你出去，他问你。你回来，他还问。一直问一直问。哪怕你刚刚踏出村口，突然想起忘拿帽子要折返，他们也要问多遍才让进。过一会儿你再出来，他们再接着问，似乎乐此不疲。”

阿煌嗤笑一声，从头到脚打量了我一圈，问：

“你在乡下待得久，能懂他们吗？你能不能告诉我，他们为什么就这般难缠？一直以来我都待在河内，其实也只是通过你写的一些东西来了解这些乡下人。现在跟他们朝夕相处，我果然没法忍，真受不了！”

阿煌那长长的一撇嘴，把内心的鄙夷展现得淋漓尽致。他的鼻子蹙成一团，仿佛闻到腥臭味般避之唯恐不及。夫妻俩争相向我数落乡里人的种种不是，描述中尽是些蠢笨、鲁莽、自私、贪婪以及卑劣的人。父子、兄弟不睦也罢了，青年人和妇女近来也值得他们担忧。这些人，国语字都写不好，却还热衷谈论政治，张嘴闭嘴就是什么提议啊、诉求啊、批判啊、警告啊，法西斯主义啊、反动啊、社会主义啊、民主啊什么的，那才叫一个苦。他们逮着个人就能口水喷到天上去，任何时候都能给你洗脑洗上个把小时。也许他们认为像阿煌夫妇这样从河内过来的人思想都是比较落后的，还没觉醒，所以不会放过任何一个洗脑的机会。但又能宣传出个什么花样来吗……

阿煌好像才记起有什么重要事情要告诉我那样，突然瞪大着眼睛：

“跟你说个事，你听了肯定会觉着是瞎扯。但我跟你说，如有半句假话，天打雷劈。有天我凑热闹去县里赶集。本来吧我在家里已经把路线问得非常清楚了，但到了一个三岔路口还是犯晕乎，忘了该往哪边走。只得停下来，看有没人经过好问路。等啊等，终于有个瘦瘦高高的青年扛着一捆竹子走了过来。我赶忙上前打招呼：‘劳烦您指个路，去县里的集市怎么走？’那青年瞪着眼睛像看火星人般打量着我，却一句话不说。我心下明白，麻利地掏出自己那纸证明给他看。这时他才告诉我：‘您就顺着这条路走，看到有棵大榕树时就右转，走一段再左转。穿过一片稻田，经过午村的青砖路，绕过村亭后边再右转，走一小段路就到了。’他讲的大概如此，我记得不完全。反正只知道他啰里啰唆交代了一大堆左转右转的，说得我头昏脑涨。后来他干脆让我就原地等着，看到挑着担子赶集的就跟上。我说好。那青年笑着对我说：‘失礼了，我要先走了，事儿多。我得把这捆竹子送到上边去筑工事，抵御敌方的最新机械化工事。咱们的长期抗战应当分三个阶段：战略防御、战略相持和战略总反攻。战略防御指的是……’他就一直说一直说，背书一样跟我讲了五页纸那么长！”

阿煌嫂大笑起来。我也笑，但笑得有些僵硬。阿煌见状赶忙信誓旦旦地再保证一次：

“如果有假我天打雷劈！我发誓，当时我整个人都惊呆了，笑都笑不出来，不过当时也不敢笑。一笑起来被那青年打了也麻烦。但自那天起我就天天在家把门关紧咯，哪里都不敢去。”

我勉强挤出笑容，本想对他说的话只好吞回肚子里。我知道，他是无论如何都不会愿意像我一样做个小小宣传员的。何况，纵使邀请到他来做这份工作——像我这样背个包走乡串户去深入了解农村——于他也是无益的。于人于世他都已经有了自己的思维定势。他只看到那青年把“三个阶段”背得滚瓜烂熟，但没看到那捆青年正兴高采烈要送去前方做防御工事的竹子。就拿青年把报道背得如学舌的鹦鹉这件事来说，他也只关注这个事情的表象而已，却没有透过表象看到高尚的内涵。

带着这么一双眼睛来看现实，那走越多看越多只会愈生凉薄和嫌恶。

我深知，在眼前这位文学圈内人士眼中，我只是个初学乍练的新手，因此不敢把自己的所思所想全盘托出，仅非常谨慎地提出了自己的几点看法。

“是有很多怪异的事，咱怎样都还摸不透乡下人！我跟他们接触得多，可以说对他们是很失望的——他们中的大多数都很颓废慵懒，人云亦云，胆小如鼠，忍辱得可怜。听其他同志讲起‘群众的力量’我还是心存怀疑的。我依然认为在我们国家农民占绝大多数，但这些人过个千世万代也不可能闹革命。黎利、光中时代[①]，只能是一去不复返的尘封历史了。但总起义过后我整个认知算是被颠覆了。我惊讶地发现，原来我们的农民还是可以闹革命的，而且干起革命来还冲劲十足。我曾经跟着他们去攻打州府，目睹他们奋战在中南部战场。无数弟兄牙齿黝黑[②]，眼睛红肿，把‘榴弹’叫成‘牛蛋’，唱起行军歌来像犯困的人在求经，可冲锋陷阵时却又无比英勇！此刻他们不再像以往那样只心心念念老婆孩子和田产家业。看着他们，你是绝对想象不到眼前这些英勇的战士，就在几个月前还是那种即便被敌军当面调戏自己媳妇也只是默默躲开，走出老远才敢暗暗咒骂几句，再多怒火也只是回家后冲着老婆发泄的农民。”

阿煌一边嘴角上撇，高声斥道：“但你不能否认他们总是

---

① 译者注：黎利（1385—1433）是越南后黎朝开国之君。光中为越南西山朝第二代皇帝阮惠（1753—1792）的年号，可以用以代指阮惠。两人都是越南历史上的著名英雄，为民族独立自强而战。

② 译者注：越南人有吃槟榔的习俗，牙齿会染黑。

蠢得让人无法忍受。我看有很多自卫队甚至是卫国军，毛手毛脚地动枪动炮杀人跟儿戏似的。很多人拿到一些罕见的枪就不懂射击。就这德行再勇猛也白搭！但也只得如此！在我们这样的国家，那些人大半辈子都没碰过枪杆，又怎么会用？不过让他们多用几次也能懂！那就让他们去杀洋鬼子吧！可要命的是又老要这些人在这个政府那个机构任职，这才遭罪哟。就说在河内时我们那个街区委员会的主席吧，开战前就是个街边卖猪杂粥的。卖猪杂粥他懂得拌血羹，可做主席哪行，还偏逼他进委员会！我们现在这村的主任，查看我们家那口子的证明吧，一看到名字叫'阮淑贤'就一口咬定她这张证明是问男人借的，在他看来是个女人的名字都得有个'氏'字才行。"

阿煌嫂笑得太厉害都咳嗽起来，甚至眼泪都出来了。她掏出手帕拭完泪，边咂舌边摇头道：

"如果您住这里，保准会笑死。那主任三番两次求着我们当家的帮着教平民学务[1]或者做些宣传工作。"

阿煌接过话头："其实我闲着也是闲着，有时还闲得慌。但你说说，跟这么一帮人，怎么做事？所以也就只能被他们指责为反动了。"

为了岔开话题，我问："现在空闲时间多了，应该也能写点东西，想必有大作可以拜读了吧？"

"没呢，因为连张像样的书桌都没有。但无论怎样咱也得写点什么记录下这世道。写得好没准能抵得上几本武重奉的《红运》[2]。那阿奉若能活到现在就知道厉害了！"

午饭吃到下午四点，阿煌夫妇邀请我跟他们去拜访附近几

---

① 译者注：1945 年越南独立后立即进行的扫盲启蒙运动。

② 译者注：越南现代小说中的杰作，反映了以河内为代表的越南都市西化图景。

位同样避战疏散于此的人。一个退休的巡抚，一个因为胁迫学生而被辞退的督学，一个以前靠四处给人做幕僚跑官为生的老通判。其实阿煌也不很喜欢他们，因为他们对舞文弄墨之事一窍不通，唯对纸牌颇有研究。跟这样一群人聊天实在是索然无味。但除此之外也没其他人可以打发时间了。在我们放缓脚步等慢我们一脚出门的阿煌嫂追上来时，阿煌就边走边压低声音如此这般向我大吐苦水，凑在我耳朵边把这个人的颓废愚昧，那个人的乖张怪戾都一一细数。

阿煌嫂快步赶上了我们，两颊被炉火烘烤得红扑扑的，向我们解释自己为什么出门慢了："我看下煨红薯的锅，这样回来就有得吃。这里没什么膏粱美味，但可以拿来当零嘴的食物挺丰富。您来这做客，明天我看哪家有上好的甘蔗卖，买回来腌柚子花，味道可是相当好。"

说着话的工夫，我们来到一扇爬满了藤蔓的大门前。阿煌拉了下门铃。一个小男孩跑出来，礼貌作揖："先生好！"

"客气了！范伯在家吗？"

"范伯去督学家了，先生。"

"不是说督学上午就过来这边了吗？"

"上午没有见督学过来，先生。"

我们只好折身又穿过几条蜿蜒的小巷，又见另一扇爬满藤蔓的大门。一个乳母抱着小孩站在门口："先生好。夫人好。"

"客气了。督学在家还是外出了？"

"督学去了巡抚家，先生。"

"怎么巡抚那边又说来了督学这里？"

"没有呢，先生。"

阿煌转身出来。走出几步远，他小声跟妻子嘀咕：

“这些家伙又聚一起玩纸牌了。安纪婆娘也不在家，不是吗？那婆娘也是个彻头彻尾的纸牌谜。他们几个一定又聚在这儿或者范伯家玩牌，还差人在门口守着。”

阿煌嫂没出声。阿煌拍拍我肩膀：“看到没？知识分子尚且如此，何况普通民众？反正你懂的。”

我暗暗咒骂这场意外怎么把阿煌推搡到这群上流知识分子的败类中去。为什么他不去参军，去表演宣传剧，加入抗战文工团，他就能看到学生和机关干部如何踊跃地加入卫国军，看到研究院和军医院里医生们如何全情投入工作，看到他的那些作家同行们如何全身心地深入到军民中去学习他们同时也教化他们，从而汲取艺术创作的新灵感。

我冷笑着说：“听你这么说我着实灰心。难不成我们这场抗战终将走向失败？”

他迅速接上我的话茬，那架势如同猫扑老鼠：“哎呀，我很困惑啊。看得越透，那心是越凉啊。如果说我现在还残存一点希望的话，那就是寄托在胡伯[①]身上了。之前的八月革命也好，现在的抗法战争也好，都指望这位杰出的领袖。当然，胡志明得在这么一个国家力挽狂澜才配得上他的才干。但话说回来，要挽救像我们国家这样一个烂摊子，对他来说也是够受的！你想想看，法国这样强大也就出了个戴高乐！”

我列举了几个比戴高乐将军更具代表性的旧时法国的抗战英雄。他头还是摇得拨浪鼓般：“跟胡志明比还差个十万八千里。”

他又说：“胡伯那些事干得太漂亮。我敢说，就算我们的

---

① 译者注：指胡志明。

群众再怎么糟糕，胡伯斡旋之下也一样能独立。三六初步协定这一记拳，就算是那美国佬也只得摇头说这老头无论如何都是骗不了的。何况法国佬？一边儿凉快去吧。如果不是那美国佬在一旁煽风点火，那法国佬有胆翻脸不认三六协定？我们开出的条件已经是法国人几世修来的福气，照理说他们就该眼都不眨地接了！”

晚餐吃过煨地瓜，喝过几巡茶就早早躺下了。阿煌怕我走了数十公里路，打进门开始就坐着说了一天的话，一定累得坐都坐不住了。再说了，就算还不困，被窝里暖和，蚊帐里还没蚊子，也挺好。

两张小床并排放着，中间留了条小过道。雪白的尼龙蚊帐，光看着已感觉香气沁人，很是赏心悦目。

我和阿煌先躺下。一包香烟、火柴跟烟灰缸一起放在床头。我把脱下来的西服齐整地叠好，心里琢磨着今晚衬衫上那些衣虱们终于可以出来走走，在透着淡淡香气的松软棉被上透透气了。我每晚都跟印刷厂工人们盖一张被子，可不敢保证自己身上绝对没有寄生虫什么的。

阿煌嫂屋里屋外收拾妥当关好门，拿了盏大灯过来站在床尾，掏出了一个瓶子。阿煌见状就问：“你点了大灯啊？”

“嗯，我已经添了油。”

阿煌又问我：“你喜欢看《三国》吗？”

有趣的是，其实我从没能完整地看过这书。

“那就太遗憾了。在东西方这么多的小说里，我最喜欢的就是《三国》和《东周列国志》了。论写小说，那中国人是最厉害的，但也就这两部最出众。《水浒》也不错，但还是不如《三国》和《东周列国志》。其他小说再精彩，我也只看一遍。

再看就乏味些了。唯有《三国》和《东周列国志》，看来看去总能品出初读的乐趣。”

“那现在你手头有这两本书吗？”

“《东周》放在河内找不着了，真是愁啊，悔恨不已。万幸的是这本《三国》放在郊区，算是找着了。否则真要愁死了”。

他弹弹烟灰，继续道：

“其实我问你看不看《三国》，是因为我们每晚睡前习惯读上几章回的《三国》。不过今晚您在，也不知道应不应当破个例。如果你喜欢聊天，那今天咱不读也没关系，就聊聊天。”（前面那么多话都是为后面自己想看《三国》做铺垫，有些虚伪）

我当然请他们夫妻照常读书了。阿煌看起来很是高兴：“好，既然你这么说了那咱就还是读书。我们都听听，困了就睡。我看你一脸疲惫，估计会早睡。就是不知道这灯这么亮再加上读书声，会不会干扰到你？”

我告诉他说我这些天都是睡在印刷厂里的，除了如白昼的灯光还有轰隆隆的机器声。现在这里被子这么暖和，就算在我身边放枪我都能睡得香甜。他的笑声咯咯咯地从喉咙出来，听着像只公鸡。

“行，那我们就读吧。孩他娘把书拿过来。”

阿煌嫂快步走到橱柜边，取了本精装硬皮书过来。

“你读还是我读？”

“你来。”

阿煌嫂把灯放到床头的灯座上，把奥黛脱了，上床在早已钻进被窝的阿语身旁躺下。

“昨天读到哪里了？好像是……”

“没事，你就读曹操赏识关公那段吧。怎样，你觉得曹操厉害吧？”

我草草敷衍道：“听说是很厉害。”

“是非常厉害啊！《三国》里最厉害就是他了。曹操怎么就这么有本事呢！”

阿煌嫂翻到那一章，清清朗朗地读了起来。阿煌边抽烟边品听，精彩处就拍着大腿直叹：

“有才！有才！到这份上也算绝了！先师曹操呀！”

1948 年

陈　渠

这位皮肤黝黑的连长陈渠目光如炬，笑容和善，经常举手认领那些艰险的任务就如同经常谈笑风生一样自然而然却又举重若轻。

他常说，再艰巨的任务，共产党员都坚信自己做得来，而且必须做好。上级每次交办任务给他都特别放心，他对自己和自己的队伍也都充满信心，能得到多大程度的支援也不会特别在意。

在进攻东溪的计划动员会上，一个战友拍着他肩膀轻声道："这一仗会很难啃！肯定会有重大牺牲，我怕你会出事。"

阿渠笑了。"出事就出事了，这有啥？咱不怕为了任务而死，咱只怕完不成任务。"

一丝焦虑在他如炬的目光中闪过。他估量了一下这场硬仗的难度。敌人加固了工事，加强了力量，比东溪之前的战役要艰难上百倍。也是正因为此前的战役，让东溪的守军日夜防备一刻都不敢疏忽，死守到底。我们务必要消灭他们才行，没有退路。

但阿渠很快恢复平静，双眼又清澈起来。他仰头望向远方，咧嘴笑了。“我就算死也一定是死在战场，才不要死在外面。死也要完成了任务才死。”

15日下午，从缓冲地出发上前线时，阿渠当着全体尖刀队员的面说道：“……如果任务没完成，我绝不再做尖刀队的队长，你们也不配再说自己是尖刀队的队员。”

几个月来突击团都一直在进行冲锋训练。每个人都盼着能好好打上一仗，试试自己的技艺进步大不大。实战的时刻终于来临！每个人内心都欢欣鼓舞，但同时也不免些许忐忑。第一战……入伍以来头一次这么大规模的战役……必须要全歼敌军才行……如不速战速决，战争可能会陷入僵持，必将带来更多不确定性……敌人的援军可能很快赶到，鬼子将在咱眼皮底下跳伞。他们的战斗机必定会持续盘旋，密集射击、投掷炸弹……咱应对策略准备充分，但各种突发情况仍然未知，得开战了才知道……每个人脑海中都有千百种预测和焦虑。一张张被太阳晒得黝黑的脸庞都沉默起来，即将奔赴战场的战士们殚精竭虑，尽可能地考量周全。他们不惧死，但也不会视战争如儿戏。发射一枚炮弹都要仔细测算，又怎能把跟敌人的殊死搏斗看成只是参与一场奇特的游戏？

占领好阵地后，他们立即着手修筑工事。炮兵没能及时赶到。指挥部的电话一会儿来一个在追问情况。阿T焦急地跑上跑下。他的胡子本来就拉碴，现在看着似乎又密密麻麻冒出了不少。他时不时就看看时间。来自指挥部的电话响个不停……

“喂！喂！炮兵到了吗？……到哪里了？……怎么这样……”

交通员一个接一个来回跑。路太颠簸，太难走了。有的战士脚都磨破，肩膀都被勒出血。但他们依然为了准时赶到而奋力前行，可再怎么拼命每个小时都只能前移四五百尺……

阿 T 觉得憋屈极了：时间计算地太紧了！也没仔细考察地形，了解每条路哪段崎岖，哪段平坦，哪有斜坡、山石和泥地，大路、小道又是什么情况。只盯着地图上几个数字，实在害人！……

他又是搓脑袋又是揉耳朵地，一脸愁苦。还好交通员来报：一个团快到了。他整个人这才算放松点。突击队员们已经把工事建好了。下午的几碗稀粥早已经消化精光，个个都累得不行，肚子也饿瘪了。但听到炮兵即将抵达的消息时都振奋无比。大家知道炮兵兄弟们这一路走来不容易，肯定都累坏了。他们互相传话，一些人继续修筑工事，收拾好地方让弟兄们来了只需要架好炮就能好好休息恢复体力。突击队军官们也去帮着给后到的几口炮找地方，在炮兵军官们还忙着指挥上一场战斗时先减轻他们的负担……

作战计划有变。尽管我方在北面已开战，南面在 16 日上午前都按兵不动。一天无比焦灼而痛苦的等待。敌人的火力都投入到北面战线了。约莫一个小时后，马达声传来。敌人的战斗机盘旋良久，频频射击。想跳伞？真那么厉害就跳下来试试。有人正等着呢。但那日始终不见有人跳伞下来，只敢扫射和投弹。

下午五点接到推进的命令。一个小时后，所有下令必须攻占的据点都已拿下。来电告知北面据点较大，已被我军占领。我方军队正在据点内驰骋，得令开进医院和大据点。但进驻后发现在据点南面，敌人火力依然很猛，但找不到敌人的身影——他们全都钻进了碉堡和战壕。突击队指挥官上报了战况，要求炮兵对准据点南面射击，突击队一边推进一边跟炮兵用电话保持联系。

“喂！没中！调整火力！再往上十米……喂！往右边倾斜五米……喂！太远了，后退五米！”这让炮兵得以精准射击。但快天亮时，敌人开始反攻。多亏有蜿蜒坚固的工事，我方无重大伤亡。天亮后敌方更能看清我方。他们可能有援军，还有战斗机……形势对我们不利。上级命令暂时撤出外围，包围据点……

团长阿县走近一个坐着用手托腮的人：“谁坐那里？”

陈渠抬起头，阿县看到一双微微泛红、噙满泪水的双眼。他蹙眉：“噢，原来是陈渠啊！你哭啥……”

阿渠抬眼望向阿县，犀利的双眸此时满盈泪水。阿县嗤笑道：“什么同志啊这么孬种？”

从阿渠入伍那天起，就没人说过他孬种。他多次出生入死，就昨晚还一直勇猛地冲锋在枪林弹雨中。战斗最焦灼时他仍带领自己的队伍冲锋在前……阿渠哽咽到无法言语，但用果决的眼神回答了团长。

阿县声音软了下来：“要打仗就肯定会有伤亡。此次开战前你也预判到可能要做出巨大牺牲，但依然得完成任务，因为这将影响到整场战斗。越是不怕牺牲，越能减少牺牲。这道理你肯定都懂。连长不冷静，不坚定，又怎能凝聚队伍的人心。此时消沉就真是奇了怪了！”

阿渠没有消沉。他正在复盘昨夜的战况，突击队极为勇猛，助攻手也很灵活，紧跟着突击队掩护他们向前推进。有些战士把枪都挨到工事上的枪眼上射击。一直打到没子弹了，还没来得及抽出枪就被敌人击倒。其他战士立刻接上，从刚刚阵亡的战友尸体上接过枪继续战斗，疯狂扫射。地雷，手弹，机枪，打得敌人头都抬不起来。很多时候都以为已全歼敌军，结果他们却都还活着。这如何不叫人愤怒？敌人都躲进了战壕，而我们只能在地面上冲锋。不懂深插入战壕，也不懂拦截他们逐段围剿、逐部消灭，更没有斩断他们退路。我们的战术错了，所以再勇猛也完成不了任务。阿渠憋屈极了。

他觉得自己有错。为什么刚开进时就没想到这一点？想要结束战争就必须消灭敌人生力军，这才是最最重要的。可能兄弟部队也忘了这一点！报告不够充分。只说已占领据点却没提敌军死亡多少，被俘多少，导致指挥部没能完全掌握情况。直到上午看敌人火力还这么猛才下令撤退。正是在撤退过程中我方死伤最为惨重。

阿渠心疼自己的战士们。看着那些被抬离战场的担架……女民兵们双眼微红，边走边垂泪……想到那些重伤却来不及背回，还躺在战场的同志们……撤退下来的战士都脸红脖子粗地沉默不语……如何让人不愤懑？但最让人愤懑的还是没能完成这个本可以昨晚就完成的任务！

阿渠想把这些话都跟阿县说，但阿县让阿渠跟着他去和其他战友碰头。大家正在开会，相互汲取经验，再把这些经验传达给自己的队伍。

眼下有个问题让他们极为焦虑——部队已遭受重创，指挥部很有可能把他们替换下来作为后备，调遣其他部队上前线。

所有军官都望向阿县，阿县仰着头一脸果绝。

“不。我们会建议指挥部不要换人。昨夜冲锋的部队精神可嘉，只是因为第一次进行街战，还没经验，所以没能完成任务。经过昨晚就有经验了，而且更熟悉地形地貌。他们正急着报仇，那就给他们补给，让他们去报仇，让他们去完成昨晚未能完成的任务。不能换人。”

大家都振奋起来。阿渠高兴地跑回尖刀队员中间：“我们就要去完成前夜没能完成的任务了。任务一日未毕，咱一日不撤。”

一张张脸庞欢欣鼓舞起来，眼里都有了光。

下午三点，指挥部下令准备作战。五点半人休整地出发行进。因为有了第一晚的经验，队伍平静而坚定地往前推进，一边行军一边观察形势。九时许打开了一个突破口。又经过一小时的激战，有的部队占领了学校，走进破旧的校舍，发现兄弟部队已经抵达。任务完成！但指挥部又下了新的命令，进攻大据点西南面，跟进攻北面的兄弟部队会师。陈渠冲上前：“弟兄们！为战友们报仇！”

一位交通员大叔跑在他前面，握着手榴弹拼命探身想朝一个工事的枪眼抛过去。但他太矮了够不着。陈渠走上前道：“让我来！”

手榴弹的爆炸声震耳欲聋，但同时一梭机关枪扫射过来，击中了陈渠。他踉跄着高呼：“胡主席万岁！”然后趴倒，堵住了一个工事的枪眼。

“渠哥！”

几个战友直冲过来。机枪、手榴弹和地雷在昏天暗中痛哭。炸起的漫天沙石中，几个人影迅速冲入烟幕……

“打垮战壕！围堵敌人！”

突然，前夜受伤后一直躺在那附近的班长阿身，突然挣扎着起来：“甚好！弟兄们，让我同去……”

在另一个碉堡前，春明捂着肚子。他刚刚中弹，已经有些踉跄，但仍坚持指挥督战。一声漫天巨响过后，碉堡被炸毁。副队长阿明向战友高呼：“攻入第二个碉堡！”然后蓦然倒下。一个战友忙冲过去扶住他。“我背你出去。”

阿明一把推开战友：“继续前进！”

看战友仍在犹豫，他有些生气。“别管我！我还能走！你一个人掉队了！”

团长阿县正手攥话筒联络在前线的副团长。“喂！阿凭！喂！阿凭！阿凭请回答！”

正是战事最焦灼的时候。枪弹声震耳欲聋，密集而持久的火力呼呼喷射，时不时爆发出巨响伴随刹那刺目的火光……

团长声音都变了。“喂！阿凭！喂！阿凭！”

仿佛过了一个世纪才听到应答，阿县高兴极了，几乎要叫起来：

“啊，阿凭吗？情况怎样了？跟我保持联系！喂！”他屏息侧耳倾听，一个消息如五雷轰顶：“什么？喂？陈渠？陈渠没了？”

他又听了一会儿，然后无情地把话筒重重摔开，整个人僵直。他有些哽咽——连他都哭了。但很快他又扑向电话：“喂！阿凭！你能回来，换我上去一下吗？不行吗？噢！怎样？敌人炮火很猛吗？挺住！持续向前推进！必须在今晚之内拿下，听到了吗？今晚！今晚前拿下！必须拿下……弹药吗？有了！后方的同志们也自告奋勇跟民兵一起去运送弹药了！要有信心！今晚拿下！不退一步！这是指挥部的命令……知道了，你去吧！去给陈渠报仇！”

电话那头，副团长阿凭把电话给了身边跟着他的人，冲了上去，高呼：“给陈渠报仇！冲啊！”

那晚之后，躲在战壕的敌人不得不全体出降。东溪解放。

1950 年

附

录

南下的路

虽然现实中还没有，但在我们国家的文学作品里，已经出现了一种人称“江湖症”的毛病。就跟几年来我们国家出现过的大部分时代病一样，这病从国外传入。也不知道传染途径是什么——似乎是黏附在法国那边一个叫什么Paul Morand[①]的人写的一本书上传过来的——这边的一个作家首先被感染，又因为他名声在外、才华横溢，所以这病传播得很快。没过多久，知识界从那些狂妄自大的到埋头写作的文人，到处都在谈论江湖，都在长吁短叹，叫嚷起心之所向，尽管大部分人都还待在家里，因为没什么药能够帮他们戒掉母亲或妻子做的一日两

① 译者注：保罗·莫朗，法国著名作家，法兰西学院院士，外交官，被誉为现代文体开创者之一。

餐，却依然叫嚣自己的主张“出发只为出发，出发也不为去哪儿”。且他们大部分的“江湖碎片”也就是到巷子深处的妓院陷入哪个阿菊或阿莲的温柔乡里，学回来一些别的、鲜有人希望他们嚷嚷说不错，但坏处也真真是极大的病。

我绝不是为了揭短才重提旧事的。能揭谁的短呢？除了那些特别坚定且睿智的人，能够让人们把民族、把越南血脉之精华和不朽寄托在他们身上以外，在这个被怀青[①]先生称之为“我时代”的时代里，几乎我们中的所有人，如果不是“罪人”就是“受害者”，往往两者兼有。但都殊途同归：把精力耗尽在毫无意义的事情上……不，也不能断言我们中的所有人都染上了漫无目的的毛病，那个“出发只为出发，出发也不为去哪”的毛病。有些人是有明确目的的，只是迷了路。他们步伐迈得坚定、勇敢而昂扬，途中也没有丝毫慌乱，朝着心之所向至死不渝，结果却还是无法抵达心中的乌托邦，纵使锲而不舍，却终是南辕北辙。还让自己无法体验到浑浑终日、漫无目的的趣味。如此来比较两类人孰智孰愚毫无意义。何况我已说明，在此旧事重提并非要批判指责些什么。我自己也只是其中一员。重提旧事仅为一笑而过，如同人们云淡风轻地笑谈自己曾经的错误和有过的疯狂。我可以肯定，诸位读者如若觉得自己与我有相似之处，读至此也只是怀着如我这般的心情笑笑，没人会觉得扫兴。

刚刚过去的几年战争和饥荒让这片土地上的人们仍心有余悸，同时也完全唤醒了我们。我们已懂得正视现实。那些迷路的人也发现自己应当回到正确的道路上来。整个民族在这条道

① 译者注：越南著名作家，诗人。

路上心往一处想，力往一处使。这条道路就是上战场的路，救国的路，去南方的路。

“南下的路就是欣喜之路是吧？”出发时，内务部部长看我们因为得以成行而兴奋不已，就跟我们开了个玩笑。只是一句玩笑话，但也是大实话。明亮的早晨，一群囚犯绝望地坐在狭小而坚固的牢房里，惘然地盯着巴掌大的铁窗外那一小截外面的世界，好让自己的灵魂漫游在那些自由人的坦途上。世界上有无数条平坦宽阔的大路，但我们是被监禁的。阮遵[①]的“起风了……”与其说是一句呼号，更像是一句长叹。但现在，风真的刮起来了，风势很大，而且都可着劲往同一个方向吹。“风吹吧，风吹吧，越南的风吹吧！”[②]南下的路上金星红旗迎风飘扬，行军曲雄浑嘹亮。一个个青年团雄赳赳气昂昂，意气风发地朝着正受侵略的南方行进。他们的喜悦和激昂自然也不尽相同。有些像是长年被欺压的人刚离开牢笼，急着冲过去打倒那些一直以来压迫自己的人，砸烂那些一直以来束缚住自己的高墙。有些人是心系祖国山河，有些人是为了尽到人民义务，有些人是为了推翻殖民主义，还有些人就是喜欢当一个士兵而已……但全都有个共同点：他们即将奔赴的是个险地，即便不至于兴高采烈至少也很平静，心安地坚信自己无论如何都能回来，或者暗想“就算回不来也没关系”。他们是怀着一种轻松、不留恋也不焦虑的心情上路的。人人都因得以成行而感到满足。

我在村里有个朋友，家里不是大富大贵但也够格算小康了——在农村老家，这样的生活条件已经可以称得上幸福了。

---

① 译者注：越南现代著名作家，共产党员，作家协会会员。

② 译者注：出自越南诗人春妙的《国旗》。

我这位朋友学识渊博，聪明伶俐，性情也算耿直，事实上也不算懒惰，可以说具备很多品格了。他的所有不足，也许都只是因为不用干事也能吃饱饭。所以成中毕业拿到学历证书后他坚决不干事情。领着毕业证回了老家，娶了个漂亮、乖巧、有钱又能干的媳妇。媳妇挑起了这个家，打理着夫妇俩的隐性和显性财产以不断生利，供丈夫过安逸生活。做丈夫的只需要“照顾好管事的媳妇”就行了，意思就是什么都不需要干，谁都不需要照顾，只要把自己摆在那里避免别人来骚扰自己媳妇——以前农村都这样。这么说是为了表明我那朋友也许只需要操心怎样让媳妇平均几年生个孩子。这件事他也做得不急不缓。媳妇对他相当满意，他也对自己相当满意。由于对自己太过满意，以至于有时候我都要替他着急。我执意拉着他跟我去河内一起办了个私塾。我们生而为人，即便无须为生计奔波，也该懂得做些事情。如果一味游手好闲只顾着跟妻儿享天伦之乐，谁受得了？我如实把内心所想告诉他，他也觉得在理。他非常认真地配合我，确是个尽心尽责的老师。就只是苦了我每晚都要听他讲起妻儿。他还是很喜欢回家，于是等战争开始影响到我们国家了，来往交通有些受阻，他担心回不去所以执意搬回了老家，不再留在河内教书了。他媳妇高兴极了，只是我一直在长叹。我酸楚地对自己说：“媳妇漂亮，儿女聪慧，一个过于和美的家庭很多时候就是让人们怯懦如斯的温暖丝绒被……”直到不久前的九十月份我才再次遇到他。其实是他来找的我。我还以为自己在做梦！我这位朋友穿着卫国团的衣服，高兴地告诉我说自己刚从军政班结业，即将南下……

“南下？”我瞪大双眼反问道。

他得意地笑了。“你也很想去对不对？说来也是我们运气好，按理说可是去不了的！”他说，“我真蠢。结业那天我们都要在一张纸上回答‘你的志愿’这样一个问题。我太后知后觉，以为没那么快能上战场，所以回答说‘希望回乡工作’。其实那时就是在选人南下，除了我和几个学得特别差的，其他人都被选上了。那些人很聪明，只回答说‘只要能为国家做贡献，时刻准备着接受组织派遣去往任何地方’。有些人直接回答说‘希望上战场’。所以他们都能去而我只能茫然不知所措，即便自己属于优秀的那一类。我觉得太委屈了，一直苦苦哀求，唠叨得校长都急了，必须让我去，免得我在他耳边念叨个不停。”他哈哈大笑起来，像是在炫耀自己有本事，够机智。

我立刻联想他媳妇听到这个消息时那阴沉的脸，戏谑地笑问：“你就不怕媳妇在家哭干眼泪啊？”

“哪至于！我这样留她在家孤身离开都不打紧，那她在家没我也没关系。你可不要太小看女人。”他又笑起来。

我有个侄子，今年才近二十岁，在老家也算个世家子弟。以前说白了就是个不受教化的家伙。送去上学就各种偷懒、挥霍，每个月都花上百元，字却几乎没学几个。这些都是他父亲说的。本有张小学文凭但就是考不过，只得辍学。还有个原因就是，他父母担心他若一直留在省城会把家都吃空。但回来也一样挥霍。不像以前那样能花天酒地就开始赌博，劝导不听，打骂没用，父母已经心灰意冷，视他为废人，不再抱任何希望。我也是这么认为的，还暗想：“这般宠溺，变坏也是必然的。”

在总起义①的前几个月，我从河内回了趟老家，诧异地看

① 译者注：指八月革命。

到我这不成器的侄子登门拜访，这举动可不寻常。更不寻常的是，这家伙还向我打听河内、日本、法国和各个战场的形势，以及越盟在全国各个战区的活动情况——他嗅出了政治的味道。我有些惊慌失措：“当心着点！谁都没这小子够格做特务！”我这么想着，聊起天来也格外谨慎，深藏不露。

次日，我立即着手暗中调查这家伙，发现了另一处蹊跷：他完全戒掉了赌博，现在谁提赌博他还骂人。父母也没想明白他怎会突然大变，觉得晦气，担心他会死。我倒是看明白了，暗暗佩服是哪个干部能让这样一个纨绔子弟都有所觉醒。

总起义后，他被推举进了村委会。他工作干劲十足，禁止赌博，清除盗抢，开办群众培训班，促进生产增收……整个村子有了很大变化。我心想，这家伙原来还挺有能耐。如若他在这村里吃苦耐劳地干上个几年，这个村子一定会有很大起色。村里很多人都有跟我一样的想法。他父母更是觉得称心，他父亲偶尔也说：“真是怪了！我一直在想，可能是因为我们的国运正是上升的时期，否则一个人怎会有如此大的改变？我也曾看到许多以前又蠢又笨、无所事事而且话都说不溜的年轻人，后来却相当明事理。等真轮到我家那小子才真叫奇——谁能想他还能成长为现在这个样子？我高兴极了，真不敢说这事错了——他吃着家里的饭，干着村里的活，来回跑都花我的——我也高兴，好过他去赌博……”以后就别说他父亲一味捧着他宠着他了。

我也深感佩服。每次回乡我都会抽时间去看看他，鼓励他，劝他积极参与村中事务，别总想着离开（因为有一次他向我表达了想跟我去河内的意愿）。上次回家却听到消息说，他已经走了……

"去哪儿了？""上前线。"别人如是说。"为什么？""谁知道呢，他喜欢去。岂止是他。在村里，如果申请就能去那得有多少人会争着去。特别是他这一走，村里更是人心涌动，人人都热切而焦急，像极了雄王庙会、母神庙会期间的'虔诚信徒'们，还没能去赶庙会则坐立难安，所以不管家里有多忙，都得挤出时间去一趟才行。"

啊，原来现在是这么一种形势。在河内，人们昂扬地上前线。在各省，人们昂扬地上前线。在各个村庄，人们昂扬地上前线。人们上前线的勃勃兴致甚至吸引了老人。我一个头发全白的伯父，见我回来便露出惊讶的神色："原来你还在河内啊？"

他是这么问我的。见我愈发忸怩，承认自己仍安逸地坐在首都一个岁月静好的报纸编辑部里做笔杆子，他掩饰不住自己的愤慨："挺安逸的啊！如若我还跟你们一样年轻，我可受不了。不管怎样我都要去上阵杀敌。"说罢，不知道是为了激将还是真心，又问："如果我申请上前线，不知道政府会让我去吗？"

政府还没到需要老人也来扛枪的时候，就连我这样的都不一定需要。一个朋友跟我说过："就这像鸡爪的手腕何苦还盼着去握枪杆子？在这种时候握笔杆子未必就是耻辱。"

话是在理。但不知为何我还是为自己感伤。我的笔不够有力，不能像枪那样喷射火光和弹药。我的朋友们其实跟我有同感。他们觉得自己的手如果没能握次枪，那握起笔也是笨拙的。大势如此那就写吧。很多时候我们想把笔一扔去握枪。此时，所有越南人民都只盼能握着枪杆上前线。

"时代病！"有人又要笑着说了。为什么说是时代病呢？

好动、刚强、果敢是那些初长成且精力充沛的年轻人的共性，象征着二十岁血气方刚的年纪。我们民族的生命力正处在这个阶段，极其旺盛。日后，等这些桎梏枷锁都得以松绑、推翻，他们将迅速茁壮成长。

1946 年

林中日记

1947 年 10 月 19 日

敌人的武装时不时在离我们仅三公里开外的大马路轰鸣而过。群众已坚壁清野，全部转移到临时搭建的秘密竹棚了。听不到一声鸡鸣，看不到一个人影。溪流依旧湍急，水声愈发激荡。本还在嘎吱转动的水力舂臼，今天也停下了。连平日惯听的放养水牛脖子上挂的木块那梆梆敲击声也没有了。一片沉寂的旷野只剩溪流那湍急的水声在回荡。

我们的储藏工作暂告一段落。连着三天的搬搬抬抬，整个人都累趴下了。昨晚我们睡在森林里，早上起来脸上、脖子和手脚都被山蚂蟥咬得血肉模糊，都还没来得及清洗，就于十五分钟之内在刚完工的秘密仓库边开了个不同寻常的会议。

也没什么要花时间细究的。所有问题都清晰明确、干脆利落地解决了。根据长久以来的筹备，机关部分最核心的部门即刻撤往更远的后方。另一小部分人继续留在这里，按照新的行动计划开展活动：阿思、阿康和我属于留下来那一批。

开完会我们就收拾行李上傜族[①]村。傜族的村落对我们所有人来说都还是个极为神秘的世界。就连土族人[②]自己都很少上去。土族村庄就在傜族村庄所在高山的脚下，但一些年过六十的土族大爷都还没上去过。提及傜族人，除了县里的越盟主任已摈弃过去导致原本唇齿相依的两个民族泾渭分明的错误成见，也上去跟傜族同胞开过几次会以外，其他大部分我们认识的土族人都会露出惊惧和鄙夷的眼神：哎哟，我可不了解傜族！哪敢上去！那些家伙住的房子不像土族人住的高脚竹楼！蛇都能爬进家里！那些家伙也不懂说越语[③]！身上好多衣虱！傜族人神秘极了，不希望任何人靠近，否则会要你命……

值得一提的是，土族人嘴里的“那些家伙”倒没有轻鄙的意思。提到上级他们也用“那家伙”。但他们的声音表情在提到傜族人时都会明显表现出畏惧和鄙夷。

负责给我们寻找驻地的阿思就上过傜族村。他给我们指了条陡峭到近乎垂直的山腰作路。其实根本无路可走，几乎连条小径都没有。因为鲜有人迹，我们得努力在落叶和密草丛中找出记号才能顺着走上去。

一块巴掌大的可以坐下休息的平地都没有，处处峭壁林立。就这样一直走了六公里，一条坦途突然就出现在眼前。一

① 译者注：越南少数民族之一，分为漆头傜、金钱傜等，居住在北越高山地区。与中国的瑶族同源。1979 年更名为瑶族。

② 译者注：即岱依族，越南少数民族之一，是越南第一大少数民族。1958 年以前称为土族，意为本地人。其在语言和风俗习惯方面与中国壮族很相似。

③ 译者注：即京族话，是越南的国语，即通常所说的越南语。

切悚人的传闻也不过如此，偎族人一点也不可怕。他们较之土族人、京族人[①]的特别之处在于特别擅长在林中找路，厉害到肉眼就能看出一只老鼠在草丛里走过的痕迹。他们的衣衫比土族人、京族人更为褴褛，生活条件更加艰苦。他们喜欢住在高处，远离人群。仅此而已，他们既不熟悉任何人也没什么古怪之处。

因为是第一次上去，我们这些已习惯待在河内大城市的人走得非常缓慢，非常艰难。十月的山区已经很冷了，我们穿着冬衣出来，经一条得蹚水而过的溪流后，个个都冻得瑟瑟发抖。

但等爬过一段不太好走的路，我们又一个接一个取下背包，宽衣解带。每个人的脸都红扑扑的，满头大汗。太热了，又渴。后面的人只能看到前面那人的脚后跟，但能清楚地听到他喘的粗气，还有人得紧咬牙关才迈得开步子。

每迈一步都是高难度的体操动作，每走几百步我们就得停下来，前腿弯着，后腿撑着，大口喘着气相视而笑。我一直边走边捏着大腿肌肉，都能感觉到它在变粗，变硬，甚至摸得出来。

越走越深入密林，蚕丛鸟道交错蜿蜒，除了树还是树。没一处可看出有路可走，但细寻又到处都能扒出三四条。这才麻烦！兜兜转转太多以至于最后晕头转向，哪还分得清要走哪条路。抬头就是停僮葱翠、盘枝错节，层层叠叠近乎遮天蔽日。光线很暗，无法分辨上午还是下午。只觉越走天色越黑。到底是因为丛林更加茂密了，还是因为日落西山？看不到一个竹

① 译者注：京族即越南的主体民族。

棚，遇不到一个人好问路。阿思纵使走过四遍也还是迷了路，我们来回绕了三圈。还好，就在脚已经累瘫、喉咙干得能喷火时，走到一处我们突然碰上了个人。阿思大喊：“啊，宜宾！”

阿思向我们解释说阿宾是个女的。他经常要跟当地民众交流，多少学了点土族语。但想要跟土族人聊天那还远远不够。他喜欢用京族语，也就是国语，以免被笑话。除了一些老婆婆，几乎所有土族人都说得一口流利的京族语。但僾族人就只懂说“nắm chắc cẳng keo”①。土族语他们也只是勉强能沟通而已，所以阿思的那点三脚猫功夫大有益处，他也很喜欢跟僾族人讲土语。

阿宾属于腿粗如柱那类姑娘。身材魁梧，面如圆盘，红底白线的缠头巾遮住了光秃秃的脑袋，露出光洁的额头。她也像土族妇女那样穿着靛蓝色长衫，但要更破旧一点。脖子和手腕都戴着银饰和铜饰。山区妇女都很喜欢这类饰物。

正是那硕大的绣布包巾让我们一时难以接受。这玩意儿隐隐让我有些不安，仿佛被一股野蛮而神秘的力量逼近，就如同孩提时走近那些穿得花花绿绿的神婆。

但阿宾可一点也不野蛮，更不神秘。她站在阿思面前两颊绯红，眉眼都是笑意。笑起来也像下游地区娇羞的姑娘那样抬手捂住嘴，阿思开玩笑地问她“Kỷ lai pi②（多大年纪）”时，她愈发羞涩地回答“Nắm chắc（不知道）”。

宜宾刚从坡地回来，背着装满还带穗的稻谷的大箩筐，手里捧着一个大瓜。阿思问：

“Mắc ca lăng（这是什么水果）？”

① 译者注：僾族话，意为“不知道京族话怎么讲”。
② 译者注：此处为僾族话，下同。

"Mắc qua（瓜）。"

"Kin đầy bó（能吃吗）？"

"Kin đầy（能吃）。"

她伸手从后面箩筐掏出一把刀，把瓜切好递给阿思。

"Kỷ lai chèn（多少钱）？"

"Nắm âu chèn（不要钱）。"

阿思只要了半个，宜宾让阿思把剩下半个都分给我们吃。正口渴到冒烟，看到这瓜馋到不行。但奇怪的是，我竟有些顾虑，似乎怕脏。怎么会脏呢，刚从地里摘回来的瓜，难不成是怕人家那双胖乎乎的大手会弄脏不成？刚到侬族人的居住地，我还是以河内人的眼光来打量这一切，但阿思已经朝着瓜瓤一口咬下去了。我们也一人一口啃了起来。这瓜跟西瓜一般大小，但果肉吃起来又有点像倭瓜，只是要更有嚼劲些。等我们都解了渴，才发觉这瓜其实不怎么甜，可以说还有些酸。

夜幕降临，我们到了一个老大爷家。这座用木头和竹皮建成的屋子孤零零立在那里，但这也算一个村庄了，甚至还有村名。猪圈、鸡舍就建在屋里，人畜混居。但此时不见猪和鸡，只有粪便和蜣螂。屋主人告诉阿思，鸡和猪都"pây cơ（进机）"了。意思是都转移到临时小竹棚了。阿思向我们补充道："机就是机关，这个词肯定以前地下工作时期就已经有了。侬族人必须坚壁清野，那时起就开始东躲西藏了。所以家家户户都有用来藏稻谷、牲畜的秘密机关。自己家的秘密小竹棚，他们也叫机关。"

阿德让阿思问问老大爷家的机关离这儿远不远，老大爷答"Quây lại（很远）"！真是倒霉，我们还想着到这儿来买只鸡做菜下饭呢。没想到鸡都被转移走了，只好又是盐巴就饭了。

吃过饭我们都围着火炉横七竖八地躺倒在地。老人要把家里唯一的一张床让给我们，但我们婉拒了。于是他又默默抱了好些柴添到火炉里，在屋外又生了一堆火。足够暖和了。烟熏完全盖过了恶臭，所以尽管就是拿西装外套往地上一铺，脑袋还直接枕在鸡舍边上，我依然睡得分外香甜。已经连续几天夜里都冷得睡不踏实，又爬了半天山，背包里沉甸甸的大米压得肩背无比酸痛。所以躺下没一会儿就呼呼睡去了。半夜醒来看到火依然烧得很旺。火堆旁坐着一个少妇。我们刚来时还猜说这尚显年轻的女子是不是老大爷的妻子。家里就两口人，一个男人一个女人，那自然是夫妻了。但两人岁数相差实在是太大。昨晚我们还就这事相互开过玩笑。睡觉时我看老先生进了房，少妇独自一人蜷曲在床上，远离篝火也没任何被褥。现在她又坐在这里。火光映衬在这张鹅蛋脸上，嘴唇小巧如樱桃，眉眼弯弯如柳叶。让人想起银屏上展现的东方那些美得神秘而安静的公主。沉寂的午夜只闻此起彼伏的鼾声，少妇独坐在那里照看炉火。红色焰火在空中戏耍般舞动，跳动的火光摇曳在暗夜中。我突然觉得有些幽思，也不知道为什么而忧伤，又在思念谁。

1947 年 10 月 20 日

一早起来看到老大爷已经到屋外的水槽汲水烧开给我们洗脸了。他块头高大，任何时候都弓着腰仿佛怕碰到屋顶，动作都是慢吞吞的，一脸质朴和憨厚，任何时候都笑意盈盈，吞吞吐吐地念叨着我们根本听不懂的话——因为他也就只懂几句土族语。如此看着很是悦目且有趣，以至于画家康哥赞不绝口，一心寻思着给老先生画幅肖像。但也不知他们是否有所避讳，所以不好让他们坐定给自己画，何况也不知道该怎么解释才能让他们明白，只能等彼此熟络些再说了。

我出来观察周边地形，茂林、密草高过头顶。三两步就进到森林里了。几天前还在一个人们在枪林弹雨中四下惊慌奔逃的地方。现在来到这里，即便依然能听到枪声离得很近，但莫名地就有种十足的安全感……难道敌人还能重掌政权把人民牢牢控制于股掌吗？除非到那时他们才敢深入腹地到达此处。在这里驻扎，我们可以安稳工作很长一段时间了。

突然出现个人影，我猛地吓了一跳。没想到如此荒芜之地还能碰到人。一个脑袋在草丛里起伏。那是张灰黄色的大脸，双眼微斜，胡乱裹着条头巾，看着像是小时候货郎卖给小孩当玩具的泥塑曹大将的脑袋。一张看着既有趣又凌厉的脸，说不上是老还是嫩，看不出到底属于哪个年龄段。就是那些短撅撅的小发髻让我觉得他应该刚成年。

微斜的双眼直勾勾盯着我，接着就是一声响亮而热情的问候："同志好！"

"同志好！"

我应着。那脑袋继续在草丛里起起伏伏，走近了我。一个粗壮矮小的人出现在我面前，紧箍着一个不知道装着什么的沉重大箩筐被压弯了腰。短撅撅的靛蓝色上衣没能遮住肚子，裤子也没能牢牢箍住，裤腰都快滑到胯部了。昨晚学了几句土话，我问道："Ca lăng à, đồng chí（同志，这是什么）？"

"Mắc qua（瓜）！"

瓜！瓜也挺好。切小块蘸盐下饭也好过只有盐拌饭。我让他扛进来方便我们购买。他走进来，把这沉甸甸的箩筐卸下来，把两只手从背绳里抽出来，听着像是呻吟般大声叹了口气。他到门口的水槽洗脚，然后靠近炉火烘干。突然大叫了一声“哎呀”，倒吸口凉气。

我们问：“怎么了？”

“山蚂蟥！山蚂蟥咬人！”他把山蚂蟥拔出来扔进火里。

阿德叫了起来：“啊！你会说京族话！”

“哪会说，懂一点罢了！”

我们围向他的箩筐，里面有数十个瓜，还有瓜菜。

我们问：“怎么卖？”

“不要钱！送给你们吃！”

阿德硬塞了两张崭新的十元钱到他手里，他推却半天才肯收一张。

老大爷从容地把刀往腰带一塞，挎上把火药枪，笑着含糊不清地说些什么，大意就是跟我们辞别。他要进森林了。看老大爷佩刀挎枪，愈发飒爽。但走到外面仍然俯着身，头微微前倾。这种步态不是因为年纪大，而是因为一辈子在密林中穿梭惯了。走起路来动作缓重像头猛兽。这时我才突然发现那少妇也不见踪影，连我都没察觉。家里就只剩我们这帮人和卖瓜的小伙了。他自顾去找来簸箕，替我们摆好瓜和菜，然后着手打扫卫生。他叹气叹得就像呻吟（约莫每十五分钟他就像这样大声叹气，其实没什么）。“家里脏极了！也没床可以睡。你们在下游地区舒服惯了，上来这真是苦了你们！”

他表现得像是家里人一样。跟他聊了会儿天，我们才知道，他还真是家里人。他是老大爷的女婿，那少妇是老大爷的女儿，也就是他的妻子。老大爷丧妻多年，人们都叫他闲大爷——闲老先生——至于他，名字就跟中国小说里的人物一样：赵文香。更让人想不到的是，他已经四十二岁了。

那天晚上闲大爷全家都睡在临时小竹棚，次日晚也这样。白天就算有人回来也只停留一会儿，拿点东西，或者帮我们抱些柴火。这样我们就俨然成了这个家的主人。我们担心自己会不会过多打扰到他们的生活。但阿思说：“他们喜欢这样。何况住哪儿对他们来说根本不成问题。他们就睡这儿也可以。”

1947 年 10 月 21 日

阿思还是认为闲大爷家不够隐蔽，只把这里作为临时过渡。今天他会带我和阿康去别的地方转转，也听听我们的意见。吃过饭，有个傻族兄弟拿着枪过来了。他估摸三十来岁，绾着发髻，一身穿着再衬上这张机灵的脸，活生生一个阮廌[1]那个年代写挥春的书生模样。但衣服也一样短撅撅的，裤子都被磨没了边，拖着壮实但肮脏、还长着流脓的大疮疡的小腿行动迟缓。阿思管他叫阿军同志。阿军同志代替外出的村长阿诊同志带我们去找地方。

大概一个小时的跋山涉水，山蚂蟥多到来不及拔，穿过绵延的参天密林、芦苇丛以及香蕉林，来来去去地往下滑，往里挤，往上爬，精疲力竭的我们才到了望客[2]。又是一个村子！三间屋子好像三个悬挂在山间的鸟巢。从这望出去无比敞亮，一派明媚绝美的风光。山挨着山绵延不绝，卷成一层层柔曼碧波与碧空相接，仿佛天地间仅剩苍穹和山川。让我觉得似乎我们所生活的星球除了群山之外再无他物。喜欢色彩和光线的阿康定会感到称心。群山似乎在炫耀自己艳丽的衣裳。每一块稻田

① 译者注：古代越南著名政治家、儒学者以及文学家，生卒年 1380—1442 年。
② 译者注：Vang Kheo，地名。

都有不同的金黄，不同稻田的稻秆黄得各有千秋。绿色也是深浅明暗多种多样。

到了下午，阳光投射下来，像极了灯光照射下的剧院布景。风景随时间迁移而变化，像极了舞台。阿康小心临摹了下来，说是等回到河内要用到舞台设计中去。

月夜里，一棵光秃遒劲的树投射到暗绿色的天空留下漆黑树影。一种简朴的美。群山就是背景。月亮躺在云间，松松软软如同枕头。

但屋里就脏得吓人。猪圈就在过道，猪和鸡之类的家禽在屋里散养，随地排泄，室内到处是淤积的垃圾和污水，整间房同时是个厨房，一排望过去，里侧放了张像是裹了层泥巴潮湿肮脏的碗柜，外侧就是煮猪食的锅炉。舂米的臼也放在屋里。到处布满锅烟。三间小房只放了一张床，似乎从没打扫过。屋顶和用来当墙的竹箪上密布蛛网、灰烬、尘土和锅烟。地板泥泞不堪，床底和没席子的床上到处都是垃圾。

全村人都去田里收割去了，只留下一个老大爷、一个照顾幼儿的妇女和一个鼻子上像小丑一样涂着泥巴的十一岁男孩儿。见有生人靠近，他们全都一溜烟跑进了森林。我们看到的是空荡荡的房子。但不一会儿，听到阿军同志的声音，那妇人就抱着孩子回来招呼我们。小男孩也跟着跑回来了，睁大眼睛好奇地盯着我们看，手指轻碰我的衣袖又急忙缩回去，如同触碰一种奇怪生物想看看它有没什么动静一样。然后吐吐舌头，笑得脸皱成一团却没发出任何声音。一天后我才知道这吐舌和哑笑的动作对这孩子来说就跟文香同志喜欢长叹一样。到此时我都没听这孩子说过什么话，不知道是不是个哑巴。那妇人不会说土族话，阿军同志带我们到了边上那间屋，碰上老大爷蹑手蹑脚从密林里钻了出来。阿军管他叫瑟大爷。说什么他都只是笑。阿军说了我们才知道，这老先生是个聋子，没办法跟他聊什么。阿军同志自顾带着我们转遍了三间房，并告诉我们想要哪间都行。我们选了最边上那个，也就是主间形状像曲尺，边上另有三间小房的那间。这间最宽敞也最干净。

第二天一早我们就开始把米、盐和日用品从闲大爷家搬上来。依然不见屋主人的影子，但房子明显已经被打扫过了。我们只需要再扫一遍也就勉强可以住了。

屋主人叫阿京，终日都在森林和田地里劳作。他妻子睡在“机关”，自我们来的那天起，他也睡那儿了。很偶尔才回家一次，扛回一截很大的芭蕉树。他微微垫高一边然后骑上去，嘴里叼根镶嵌了竹制手柄的铜烟斗，两手各持一把又长又薄的刀，唰唰唰，声音轻快地削着芭蕉树。削完都扒拉到一口大锅里，放到炉子上倒水进去熬煮上一天，直到稀烂。这样猪食就做好了，煮一次够猪吃上五天。喂猪时只需要拌点水，再像撒胡椒那样撒几把米糠。能吃的也只有这些了，所以对 tu mu（猪）来说人的粪便都是人间至味。每天早上到树底下一蹲都得拿根鞭子赶猪。大猪小猪争相守在边上，彼此怒目而视，铆足劲随时准备拱过来，吧嗒几口吃个精光。它们像狗那样相互驱赶和撕咬。还有水牛也是！我们观察后发现，只要看到有人站着褪裤子，那些 tu vài（牛）就顶着俩牛角横冲直撞过来，盯着你，仰着嘴等。小便一落下，就争着凑过来张嘴咂舌，接着喝得呼呼喘着粗气，冒得鼻子里都是。末了还要拱着嘴舔滴落在地上的。一开始我还以为山上远离水源所以它们口渴，但后来发现屋外就有潺潺溪流，但牛并不喝。也许它们缺盐。

盐在山上非常珍贵。我们给每家每户送了一碗，把他们高兴坏了。但我们把成筐盐就堆在他们家，他们却碰都不碰。有一次我们连着外出几天，一回来，阿雄——李纪雄——瑟大爷的儿子，就跑来跟我们告状说，阿金的妻子——我们很偶尔才会碰到她回来的那个眼睛很大、嘴唇像外国人一样厚的女人——说盐巴吃完了，想拿我们的。

其实就算她拿了也没关系，因为我们跟阿金说过，需要的话尽管拿去吃。但阿金告诫妻子："越南独立，我们不能互相偷抢。"所以夫妻俩只吃白米饭。

旁边住的大哥也叫阿金，这位阿金早在地下活动时期就当过交通员。每到下午就能听到他唱行军曲。调子基本是对的，但词就只能靠哼哼了。他是那个经常吐舌头的男孩的父亲，也是那天送瓜给我们吃的宜宾姑娘的亲哥哥。

宜宾还是动辄脸飞红霞，常会找阿思聊天。一次她给了阿思几根玉米，阿思想到上次说要买但她坚决不收钱，于是不肯收。她就问阿思："是嫌玉米老吗？"

阿思没把这话放心上。但那天下午当我们跟瑟大爷还有两位阿金同志围坐着烤玉米吃时，阿思嚷嚷说玉米太老，瑟大爷笑道："玉米不老，人老。"

两位阿金同志也放声大笑起来。阿思突然心生疑窦，难不成这还是句情话？

如果阿思不在，我跟阿康立刻寸步难行。因为这里没人会讲京族话。岱侬族话[1]也只会一点而已。我们也就只会那么几句。当他们句子说得稍微长一点，除了听得懂几个常用词汇外，其他的我们只能大眼瞪小眼了。我说什么他们也只是摇

[1] 译者注：即前文提及的土族话。

头：nắm chắc！（不知道）！但说起胡伯伯[1]那谁都chắc（知道）了，包括文同志[2]和石同志[3]。

因为无法沟通，一开始我和阿康只能天天盐巴拌饭。想买什么他们都说năm mi（没有）。后来就学阿思那招：想要什么，就让他们pày đông（去林子里）或者pây cơ du hở khỏi（去机关拿给我们）。果然，如此我们就有菜吃了。他们卖得很便宜，要得少就干脆送我们吃，不肯收钱。但天天吃水煮白菜蘸盐也容易腻味。我琢磨出用一种生水和盐煮白菜汤的方法，放上几片姜，也挺好喝。仔鸡以及牛肉这样的红肉是买不到的。这里人鸡养得足够大也不愿卖，留着孵小鸡以生利。那些老母鸡一个个胖得不行，照理说都儿孙满堂了那使命也就完成了，也还这么养下去。他们养鸡像是拿来当摆设的。

还好蜂蜜随时有的吃。有次从一个交通员手里买来一整个蜂巢，是他在森林里看到然后用树叶包好带回来的。整块拿着吃，趣味无穷。有时用蜂蜜拌米饭。用这儿的烟蘸着蜂蜜抽，人间至味。没过多久，我和阿康就因为点烟却不是用来抽而在几个傈族村里出了名。

在这里还有个乐趣就是洗澡。水流奔腾而下，潭水中央黄白的鹅卵石被映衬得粼粼点点。石头光滑平整，很适合坐人。有一处被石块围一圈呈盆状，坐进去可没过全身。雪白的瀑布从头顶倾泻而下。潭水无比清澈。尽管天气寒冷，每天我还是会来这里锻炼，然后微微斜倾探身到瀑布下，让水从脖子冲到脚边，实在痛快！

---

① 译者注：指越南共产党的卓越领袖胡志明。
② 译者注：即武元甲，越南著名将领。
③ 译者注：指蒋介石，曾出兵协助越南国民党反殖民斗争。

但从住处到水潭要爬一段几百尺的斜坡。每天这么几趟着实累人，但我喜欢，因为这也是种把腿锻炼得更壮实的方式。我愈发觉得越负重奔波，自己越开心。革命彻底改变了我的头脑，抗战不仅让我已焕然一新的心智日趋成熟，还改变了我的身体，等我回来那一天……

1947 年 11 月 1 日

在等工人们搭建印刷厂时，我和阿康就用石印。但活才干了大概一周，阿思又上来了，商量说应该转移到阿诊同志那里，跟山下联络更为方便。

于是又连着两天搬运大米、盐、布和石印。我现在搬东西已轻车熟路。爬山也快了很多，不再那么容易累。去阿诊同志家的路现在也如履平地，但去机关的路就真的绝了。完全无路可走，山还陡峭得要死。很多地方都得靠拽着树枝荡秋千那样荡过去。就这样我还背着半袋米，咬着牙走完。来回三四趟，每趟上上下下就要一个钟。此时我才知道自己的潜力。原来我也可以像其他人那般强壮。人们通常都没能充分挖掘自己的潜能，浪费了很大一部分潜力，以至于自己都不知道自己还有这本事。我觉得抗战后如果我喜欢犁田、锄地多过写作，我就可以去犁田、锄地。劳碌何足惧！

那位朋友啊，那天去富寿，只是船比较拥挤而已，你就已经骂骂咧咧一路了。你这种人可真是祸害！

阿天啊，爹要大胆地把你扔到生活的洪流中，它能比爹更快速地锻造你成才。你不会死，你会在生活的磨砺中强大起来。

我想起了阿莲，我那此前未曾离开过家乡的妻子。我们的村庄已被敌军占领。阿莲抛屋弃田，怀抱手牵带着孩子和一包衣服就出逃了。我就这样狠心把她扔在了一个对她来说完全陌生的地方，她会怨我吗？而我，即便替她担心，但也坚信她绝不会饿死。她会做出如我这般的改变。得游起来才能知道自己会游泳。事实上，谁都能游。

1947 年 11 月 2 日

昨晚全身酸痛。夜半月色清亮。起来喝水后就一直辗转难眠。拂晓前愈发觉得冷。

早上起来吃过早餐我们就去砍竹子和树枝回来拾掇住处。阿诊同志的秘密竹棚边上各还有一个竹棚，差不多跟西贡的书报亭那般大小。树枝松松垮垮地绑一捆当柱子。屋顶铺了层鲜毛竹，还挺好看的。地板比较低，大概也就一张大床的面积。地板旁是条连着几个门的通道，用来做厨房。两人住正合适。

旁边竹棚住着三个孩子和一个侬族男人。真是可怜！这兄弟的疟疾已经很严重了，腹水鼓胀，脸颊和四肢浮肿，面露菜色近乎霉绿。几天后熟络起来，我们叫他阿明同志。阿明病得很重无法劳作，所以上来这跟孩子们一起住。来我们的竹棚做客他也只是无精打采地坐着看我们干活，嘴里叼着根阿金一样的烟斗，不紧不慢地吞云吐雾。他极少开口，声音气若游丝。

我们做了个架子用来放鞋子、背包和书本，又做了一个用来放碗筷和食物，还在灶台旁边铺了圈竹子，这样踩上去干净点。干完就已是正午了。下午休息了一下。我还打算看看书，结果写完日记一个下午就过去了。每天时间都不够用，因为我有太多想做的事。

阿诊带了一沓纸和一把梳子上来给我们，说阿思发烧了。也许是因为昨天干活太卖力了。

1947 年 11 月 3 日

阿思没有发烧，只是有点累。他还是去找通往山下机关驻地的秘密小路了。晚饭后我洗碗回来，看到阿康正在读阿思托阿诊的母亲捎上来的一张小纸条。每晚她都会背着阿诊那没了妈的儿子上来竹棚睡觉。除了纸条，老人还带了些柴给我们——真是苦了她，这儿哪还缺柴火——还有一捆南瓜叶、两个小南瓜、四根木薯以及阿思的一个袋子。袋子里除了零散几个石印工具外，还有一个猪肘子。你说气不气人——那时，吃了半碗就没芝麻[①]了，我只能憋着一肚子火炒了一碗留着明天吃。阿康把肉割下用盐水腌渍起来，这样能省点吃。骨头就扔进锅里，放把米炖烂当明天的早餐。

邻居大爷很好心，怕自家的狗把我们的肉给吃了，特地过来提醒把肉挂回屋里更稳妥。其实阿康已经小心得不能再小心了。装肉的大海碗放在高处，装粥的锅端下来放到炭堆旁，锅盖用叶子盖严实并牢牢捆住，再盖上一层新鲜竹子，又压上几捆沉甸甸的柴。狗兄怕是要伤心上一阵子了。阿康满口许诺我们第二天一早能吃上顿相当美味的骨头大餐。但第二天一早那锅粥就被一锅端了——黑得跟炭似的！

今天，一入夜就降温了。我们生起一大堆篝火，但到了半夜就都熄灭了。被子很小，两个大男人得蜷曲着身子才能盖

① 译者注：越南有制作芝麻盐用来下饭的习俗。

住，蜷得腰酸背痛。

醒来听到风呼呼刮过。月色漏入屋顶的缝隙，透过稀疏的竹篷洒进屋里。我起身想把篝火吹着，结果碰了一鼻子灰。摸了下灶台，也是冰冷。只好又跑回蚊帐里盖好被子躺着，但怎么都睡不着，脑子胡思乱想。想起老婆孩子，想起阿诊的老母亲。想起他的家庭。想起偎族人……很替阿诊的儿子担心。这孩子瘦得就跟只扳树蛙[①]似的，耷拉得像根枯黄的菜叶，终日挂在奶奶背上，不管奶奶是在做饭还是汲水，拾柴或是生火。

孩子他娘死得早。也许他自出生起就是由奶奶照顾的。每次奶奶给他喂饭，我看他都不停地哭闹，呛饭，咳到疲软。没得奶喝，体内又带着那么多种深林里的疟疾细菌，这孩子体弱多病，无精打采，能活着就是奇迹了。

孩子他爹今年二十八岁，但看起来要更苍老些。自这里开战以来，每天都有人到他家暂住和求带路。阿诊人很好，有一次带阿思去一个以为已经有敌军盘踞的地方，他硬是要阿思站在外面等他，自己孤身前往探路。“同志你进去，我不放心！”他这么跟阿思说。

一次阿思问他：“怕这些鬼子吗？”

“不怕！”

“火药枪能打死这些鬼子吗？”

“当然！”

“那你怎么不去打仗？”

“土族人不上来约我们。”

他在等土族人上山来约他去打仗，就好比约着一起去猎熊

① 译者注：一种小型蛙类。

那样。

阿诊有个二十二岁的弟弟叫阿宝，京族话讲得比这里人都好。能读国语字，甚至还能教哥哥读。阿宝曾被熊抓伤，我们刚上来那会他已经快好了，但仍说要忌口，白米饭就着咸辣椒吃，哥哥亲手做来款待我们的黄豆摊鸡蛋他一筷子都不敢碰。其实平日里就算不用忌口，也还是咸辣椒下饭。坡地种出的米煮成的饭很软，吃着像是糯米饭，但容易腻。他们习惯做一次饭，留一半下顿吃。他们吃得很慢也很少。不知道是不敢多吃还是食量本来如此。这样的生活条件，又如何去抵抗疟疾细菌呢？如果祖国不独立，他们的生活得不到改善，那他们这个民族将会走向消亡。这些遍布残垣断壁、伶仃孤苦的侵族村落，黯淡地就像是行将熄灭的残烛。

然而侵族人很友善。每每提到地下活动时期那些革命者在这里的活动，赵文香的妻子总会对阿思说："Càn cách mạng khổ lai！（干革命的人太不容易了！）"她动情地提及此前一位同志跟她说的："侵族人别杀革命者，别抓革命者交给西方那些鬼子！"

侵族人不抓革命者，侵族人帮助革命者。他们自己省着吃也要把米藏起来带给革命者吃。要是让敌人发现他们是会没命的。但他们一如既往地支持革命者。我想起武元甲大将有次跟我聊天时说过：如果起义再晚一个月，整个侵族村都会因为要节省口粮支援一支解放军队伍而被饿死。从我们所受到的无微不至的照顾，就足以感知他们对革命有着怎样的感情……

看阿康动了几下，我知道他也醒了。我把自己的所思所想讲给他听。他也歌颂那些全情投入的革命者们把觉醒之光照耀进了密林深处，在这些几乎没有社会观念的人们质朴的心灵中燃起抗争的火种。这些人此前一直离群索居。现在他们也讲越南民主共和、独立、自由、幸福，也知道法国殖民和法式民主，也悬挂胡伯伯画像，写口号张贴到墙上，去参加各种会议。

一天夜里围着篝火，我们跟阿诊兄弟俩教彼此学对方的语言。我指着一口铜锅问："Cằng Tầy，cẳng ca lăng（土族语管这叫什么）？"

"Mỏ toòng，Cẳng heo（铜锅，京族话管这叫什么）？"

"Cẳng keo：Nồi đồng（京族话管这叫 Nồi đồng）。"

他瞪大眼睛盯着我。"铜锅（Nồi đồng）？那同志你呢？为什么他们又叫人民委员会（hội đồng nhân dân）？"①

真是够憨的！但就是这些憨人，会为了把米让给革命者，自己连吃一个月木薯。在他的整个家庭，整个村里，人人都关心、照顾、保护我们，与我们同甘共苦，就是因为把我们视为革命者。

想到这儿，我就分外埋怨那群来自下游地区，曾路过此处借宿一晚的人。他们争着抢着买完这个吃的买那个，人家不愿意卖也还纠缠不休，给的钱又很少。吃饭时有得吃的人就吃，没得吃的人只能坐着看。吃完到处就一片狼藉。他们在房子周边随处大小便，甚至还把主人家的碗都顺走。

等他们都走了，阿宝同志就跟我们说："那些家伙不团结，像一群牛。"他还说了自己的一些看法："你们对 bọn khỏi（我们）就很好。你们吃，我们也吃。但那些人不好。有的人有食

① 译者注：đồng 在越南语中相当于"铜，同"。同志在越语中是"đồng chí"，"委员会"在越语中是"同会（hội đồng）"。所以铜锅、同志、同会都是同一个 đồng 字。

物就吃，有的人没有就没得吃。不‘谭’结。”

我们脸都红了，因为有种作为同一族群而受牵连的耻辱感。但细想，其实这帮家伙就是不注重言行。他们没有时刻牢记群众往往是通过他们的言行举止来了解下游地区人民精神面貌的。我们极力向阿宝解释说，这种人只是少数。阿宝点点头：“哪里都这样。有好人，也有不好的人。侵族人也有不好的。地下活动时期，也有侵族人抓了革命者交给敌人。觉醒的人就是好的。”

走近这些缺衣少食又还未完全开化的侵族人，才知道他们相当热爱革命，干起革命来全力以赴，且热情诚恳，让我们无比放心。那些被阿康鄙称为“半季学者”的敌人“鹰爪”跟侵族同胞相比，只显得没任何理想信念，什么都不干，就擅长骂街。

1947 年 11 月 4 日

睁开眼，月色在上方屋顶的缝隙中时隐时现。天很冷，风很大。听到旁边竹棚有呼呼吹气生火的声音，我们也起身生火取暖。

“Dên lai（冷死啦）！”阿康叫了起来。几个妇女在旁边竹棚笑起来，回说：“Dên lai（冷死啦）！”

烤了几根木薯，吃完天色才全亮。洗漱过后，阿康研墨写字。我写日记。鸡到处乱窜，在周围咯咯乱叫。有嘈杂的马达声：汽车还是飞机？

也许是阿思去碧革①，还是去龙张②开省里的会？如果在家，

① 译者注：Píc Cáy，地名。
② 译者注：Lùng Trang，地名。

肯定会上来这儿。今天本来打算看书的，也不知道有没时间看。一会儿还得去砍柴，准备做饭。还有什么要做的呢？也许还要下趟山，再拿点米或者其他什么东西当练腿，强健筋骨。

1947 年 11 月 6 日

昨晚，隔壁有小孩在哭，听着像极了阿成的声音。伤心……很想孩子们！

上午天色阴沉。锻炼了一下，刚洗完澡，天就开始下小雨。读完一本关于苏联的书。开头描述的那些苏联建筑工程可真美啊！有两个小伙子来阿诊家拿米。阿诊的母亲环顾四周也找不出什么东西，就给了一筒旱地米和一块姜。回到竹棚没多久雨就变大了。森林里有多少树叶啊！它们在频密雨点的敲击下滴答呻吟，声音嘈杂而忧伤。

1947 年 11 月 12 日

阿思捎了只鸭子上来，打算在我们这儿小住几天。甚合我心意，因为我觉得自己俨然是个优秀的厨子了。肉切得利索，煎得可口。做绿豆糯米饭不会太烂。南瓜跟绿豆、糯米同煮做成饭后点心，大家都赞不绝口。下厨成为一种乐趣。我是这山上“一号机关”的大厨。山下敌人的汽车往来轰鸣，枪声不断，很多时候听着就像近在我们这座山的脚下。但阿思说，其实还隔着五座山。我们悠然自得地抽烟，聊天。

忽然，阿诊和阿宝的妹妹农柳上来找阿思下去，说有人找他。是山下的机关出什么事了吗？我们极为忐忑焦虑，因为搭建工作一直没能完工。要印的报纸还没能印出来，“收件”机关也还没开始运转。这个月来，只收到周边地区的少量信息，还是由阿思跟地方机关联络后获取的。有个营也在这一带活动，一个连的部队一直在小心掩护包括我们这个机关在内的几个机关。敌人零星的牺牲不少，听着感觉我们也没输多少。因为被咱拦截，他们无法行进。高平[①]一线借了中国的道行进，占了些上风，但也被结实地痛揍了几顿。

敌人在好几个据点损失惨重。想进攻北越不是那么容易的。我方也有些战术破绽，一些机关多少遭受了点损失。仅此而已！

来找阿思的只是一个交通员大叔，听到枪声吓得脸色惨白，一口气跑了上来。阿思大为火光。怎能这般胆小怯懦、惊慌失措呢？部署在敌人虎口边上的机关，需要的是勇敢而沉着的人。阿思坚信敌人是不敢深入到山下这个机关来的。

他又上山来跟我们会合。吃过晚饭生起篝火，把火烧得很旺然后躺着看，这是我们的新消遣。哪天暖和了生不了火，就觉得闷。三个男人就这么躺着，天南地北、古往今来的歌曲胡唱一通。很多歌曲都只记得几句而已。旁边那些孩子也跟我们一起唱，唱的都是些我们没听过的调子很独特的歌，还有一首用的是《童子军暂别我们》的调子，我们可以用自己的语言一起合唱，还有几句《胡志明万岁》里的歌词以及整首《行军曲》。所以最常能合唱的就只有国歌了。

有件事忘了说：今晚我们的邻居多了起来，也许是因为下午开始枪声就密集起来。多了三个小孩，以及阿军同志的母亲。

阿军的儿子看着很机灵，但就是跟其他小孩一样脏兮兮

① 译者注：越南北部的边境省份，与中国广西、云南相邻。

的。除了一直跟我们住一起的阿布，因为每天学着我们洗脸顺手还帮自己弟弟阿理也洗了，所以这两个孩子看起来就干净点。小孩个个都光着屁股。女孩子尽管会戴头巾和耳环、戒指，但也一样裸着。纵使天气寒冷，有的孩子也只能赤身裸体地缩成一团来取暖。太缺衣服了。

他们送我们糯米、粽子、柠檬、木薯、瓜菜。有什么就给我们什么。我们拿到山下捎上来的东西也会分给他们，亲密如同一家人。很多时候阿布煮了黄豆，都会给我们也舀一碗，静静端过来，笑着不说话，因为她不会说土族语。起初我们都会收下，好让她开心。

跟这些孩子们唱歌嬉闹了一会儿，我们都觉得疲惫而忧伤。阿思想起了村庄，想起村里那些曾跟心爱之人相会的地方。阿康想起了河内，大剧院的灯光、舞台和观众。我则想起了妻儿。那些穷苦岁月里相依为命的日子。回家彼此相见的那天……多希望能紧紧抱一下瘦弱的儿子阿天……咬一口正埋头吮吸妈妈乳头的儿子阿成那胖乎乎的小脚丫……捋一捋女儿阿红柔顺的头发，在家的时候自己还狠狠斥责了她，现在想来心疼极了。满脑子胡思乱想，一会儿又想起阿参。唉，男人啊。

1947 年 11 月 13 日

阿思改变了主意，他有些焦虑，无法像之前计划的那样待在这儿玩上几天。吃过早餐他就走了。

我和阿康开始帮龅姑娘印宣传单。我们戏谑地称她为龅姑娘，确实是有点龅牙，但温柔且机敏。如假包换的大家闺秀。高高瘦瘦，皮肤青白，反复感染疟疾多次，但仍一心扑在工作上，有资历也有干劲。她是干部培训班第一批学员，自告奋勇来了越北，当地人都很佩服她。

把纸从石块上揭下来后，阿康一脸满意。“清晰又美观，龅姑娘可就一百个满意吧！”

声音里都是柔情蜜意，我第一次见他这副模样。认识他这么久，从未听他讲起过男女情爱之事。这个三十多岁的画家似乎从没把心思放在感情上，他讨厌画女人，站在女人面前冷若冰霜。至于阿思，但凡碰到美女，嘴角那几根老鼠须就动弹不得。也不知是这冷清的场面还是其他什么东西在撺掇着他脱口而出这么些肉麻的话！我笑意盈盈。

我们一边印传单一边嗑着阿军母亲给的南瓜子。她跑上来看我们印东西，跟我们唠嗑。老大娘一脸福相，五官清秀，很健谈，也很疼孙儿。

下午看我们没菜吃，仅剩的一小把只能煮一锅稀里咣当的汤，老太太于心不忍，跑进森林里摘了一朵芭蕉花和一把看起来像艾叶的东西，她说叫“蟠菜”。她让我们等她炒一碗过来。因为芭蕉花没先灼水，所以吃着有些涩嘴，但我们还是连声称赞好吃。有一次阿诊请我们吃盐水煮烤鼠肉，阿思也是夹起就吃，眉头都不皱一下，还称好吃。

今晚整个人有些焦躁疲乏。是干活太累了？还是抽太多烟了？抑或是瓜子嗑上瘾了？早早躺下聊些有的没的，火灭了也懒得起身吹燃。但没过多久，实在是太闷了，我还是起身生火，添把柴烧旺，又卷支烟闷声抽了起来，看到火光才觉得振奋些。

那只鹿又开始嘶鸣，连着几晚都这样，声音听起来野蛮而凄凉，似乎就在不远处，怎么就没人去猎捕？

1947 年 11 月 14 日

大人小孩又都回下边去了，除了阿布、阿理以及他们那个阿布用襁褓挂在背上的弟弟。冷冷清清，也没什么食物了。籼米拌绿豆再撒些芝麻。阿思和阿康还开玩笑说我是医生，因为吃饭时我总在琢磨这顿饭营养够不够。没肉我就到处找豆类来替代，脂肪就从芝麻中摄取。也足够了。

今天看看书，不捣弄石版印刷了。我想趁这个时候多学点东西，储备足够的知识，让自己在需要时可以胜任诸如负责一份周刊之类的工作。

下午又有些焦躁疲累。是因为写太多了？还是因为烟？奎宁？饥饿？还是运动过量？

1947 年 11 月 15 日

昨天夜里，阿诊的老母亲咳得厉害，开始呻吟甚至都神志不清地胡言乱语了。阿珍的儿子也咳到整个人耷拉下来，仿佛肺都被撕扯开，哭都哭不出来了。

上午，机关枪声响彻天际，紧接着就是数十发炮弹。听着感觉挨得很近。枪声消停没一会儿，就听到马达声。

天色一变就开始下雨。阿布小心翼翼地拿刀砍了些芭蕉叶，拖回来盖棚顶。弟弟还是待在她背上的襁褓里。才八九岁的孩子，拾柴，做饭，照顾两个弟弟，什么都得干。她就是家里的帮手。父母终日在田地劳作，她必须操持所有家务。弟弟从没离开过姐姐的背，无论姐姐在干什么活，就算是捆树枝，都能睡得小脑袋这边摇一下那边晃一下。大一点的那个弟弟想哭就哭，然后很快就没事人一样。才三四岁就已经自己扒饭了。我看他夹几块炒南瓜，蘸点腌辣椒，然后跟米饭一搅，软韧如糯米饭。在这山上，辣椒就跟盐一样，小孩子也吃而且不怕呛。烤辣椒味道很香，我们都很喜欢。

雨天。一下雨就烦：竹棚可能会漏雨，森林里有更多山蚂蟥。上次下雨就有只山蚂蟥不知道什么时候钻进我胯部，血流不止都湿了裤裆，流到下午才算止住。

1947 年 11 月 19 日

好几次我们都不经意听到孩子们在读平民识字运动的那些国语书里的课文，读得还挺溜。开始以为他们在学，但跑过去一看才知道根本没有书。他们已经背熟了。肯定是听过哪个大人在学，会是谁呢？只有阿宝以前在望客森林边上的干部秘密机关上过二十天学。

这小伙子昨晚上来找我们聊天，顺便把我们没来得及搬的一袋书扛了上来。随便聊了几句，阿宝突然压低声音告诉我们说，阿军同志家有鸡鬼。有鸡鬼，不好。经常“出来咬人”。到谁家都咬人，不是咬小孩就是咬水牛、黄牛、鸡和猪。

鸡鬼不过如此。生活在大山里，谁身上没携带点疟疾细菌呢？疾病说来就来，突然病倒再正常不过。但他们认为是鬼怪作祟。

可怜的阿军，他到别人家做客后，那户人家莫名地就有人生病或者有猪、鸡死去，如果这种情况多了，他们就认定他家有鸡鬼，坏名声就此讹传开，人人都害怕他，讨厌他，把他看作是麻风病人。被鸡鬼缠身的痛苦和耻辱祖辈相传。谁都避之唯恐不及，没人想跟鸡鬼缠身的人结婚，就像没得麻风病的人跟麻风病人结婚。他们认为被鸡鬼缠身就应该在每个闰年去祭拜。至少也得让这鸡鬼缠死一个人或者其他什么牲畜，否则它就会缠死家里的人或牲畜。

我问："阿军同志可以让鸡鬼来咬我吗？"

阿宝答："想干什么都行。"

"被鸡鬼咬会死吗？"

"小孩子会，大人去拜拜就能好。"

这就很容易解释了。小孩子抵抗力弱，更容易死于疟疾。成年人更为强健，身体也更能抵御疾病，病了好，好了病，都是正常的。根据阿宝所说，我们认识的那些傻族人里有六七个都是被鸡鬼缠身的。我觉得他们都非常善良，从没放什么鸡鬼、林鬼来咬我们。我笑着跟我们的傻族朋友说："我们入夜就上床睡了，每周还会吃三片奎宁，没什么鬼能让我们生病。"阿宝自然是不相信的。但错不在他。纵使在平原地区，多的是具备足够科学知识还害怕鸡鬼的人。

1947 年 11 月 20 日

这阵子青菜极其短缺。每次老太太上来看到我们，总是难为情地笑着说："Nằm mì phiếc（没有菜）。"

她因为到了实在没东西可以给我们吃的地步而一脸焦虑不安，欲言又止。我们笑着说："盐巴拌饭也很好吃呢，大娘！"她笑着说："盐拌饭，这么吃太艰苦了。你们在这儿，过得太艰苦了。"

今天她给我们捎来一大袋黑豆。这黑豆不太像平原地区的黑豆，颗粒要小一点。我问要怎么煮，但她懂的土族语不多，她说的我没听明白。阿康说："肯定就跟大豆一样，无非就是干炒一下，放点油，加水然后下盐嘛！"

油也没了。我只是放了点水，把豆炖烂然后放盐。就这样也能就着吃下五六碗饭。自从钻进森林里住下，我就研发出各种奇奇怪怪的菜式。

同时也还“研发”出各种奇事。最奇怪的就是我们已经不觉得这山林有什么奇怪的了。还在平原地区的时候，仅仅是听几个跑竹筏运输的邻居说起密林、虎豹、狗熊和蟒蛇就已足够让人毛骨悚然了。我还以为上到这儿来得住进极高的高脚屋里，四周是坚固的篱笆，去哪儿都得成群结队还要带个铜锣好吓退老虎。到了夜里想解手也不敢开门出去，只能在屋里解决。现在我们就住在密林的深处、高耸的山巅。家里从不关门因为根本就没有门。很多时候晚上只有两个人，去哪儿都只有两个人，有时甚至自己孤身一人，最多拿根小棍子，也是爬山时用来做支撑用而不是防身。就这样还悠然得跟在走在自己家、逛自家园子一样。也亏得老天保佑，我们中还没哪个人葬身虎口。

阿康对这些山林之主有些傲慢，时不时就问我：“去他妈的！那些家伙都跑哪去了？在这住了快半年，老虎和豹子的毛都没见着。”

有天晚上阿布、阿理甚至“乐乐蚕”（阿布家的狗）都下山去 mo phi（拜鬼神）了，孤零零就剩我们两个大男人在竹棚。阿康笑着说：“真是怪了！怎么就没有狐狸精来调戏我们呢！”

有一次我问阿宝：“这个森林里有老虎吗？”

“很久没见到了。去年抓到过一只。”

“那怎么今年没见有？”

“不知道。那天在碧革抓到过一只。那家伙下来叼牛，被人发现了。”

“有熊吗？”

“很多。”

“怎么也没见到？”

“冬天它们待在洞里，不出来。”

“不出来，它们吃什么？”

“它们不吃。”

“不吃东西怎么活下去？”

“能，但就没什么脂肪。能出来吃东西，就能长很胖。”

几天后他们相约去猎熊。我问：“在哪里？”

“在阿军同志的坡地里，它来吃玉米，布个陷阱能抓住它。”

阿诊回答道，然后又问：“你有看到这熊吗？”

“没有。”

“这熊从你们这儿经过。”

“如何得知？”

“看脚印。那熊从山上下来经过你们这再下到阿军的坡地去吃玉米。哎呀，它每晚都来，吃了好多玉米。”

阿康笑了。也是奇怪，这兄弟就会吃独食，打家门口过也不进来邀请我们一起去掰几根玉米烤了吃。

我们互相提醒着，往后要当心，黑灯瞎火出门有可能脸都会被挠烂。但也就谨慎了几天，然后又大摇大摆地进出了。啧啧，也是出于无奈。“以前有多少解放军，有听说过哪个人因老虎、狗熊而死的吗？”

1947 年 11 月 23 日

正一直为报纸还没能印发而焦虑时，阿思和阿心来了。两人带来一只鸭子、干笋、一沓信、新的书报和一些消息。

最珍贵的还是一些消息。我军在泸江[①]大胜。在高平击落了飞机。在其他战场也节节得胜。同志们都安全地回到新的机关并立刻投入工作。

敌人已经放弃了在我们这片区域的几个据点。还没放弃的那些据点也只是死守，不敢再主动出击了。补给全靠飞机投放。

眼下这形势，过于分散只会浪费时间。为便于开展工作，我们这预备机关很快就要转移下山了。

阿康眼看就要离开这个“修仙之地”了，每天都把画架搬出来埋头画画。

1947 年 11 月 30 日

印刷厂可以投入使用了。无线电台也即将完工。我们下来到阿诊同志家已两天了，等着回村。日后要出报纸我们将更加忙碌，可能很长一段时间内都没法到这儿来了。我们想下来跟他们同吃同住几天，争取多点时间跟他们聊一聊。

今晚，几乎全村人都跟我们一起围坐在篝火旁。我们向他们打听武元甲、宋同志。他们向我们描述那几场攻打据点的战斗，还唱起那时候的革命歌曲给我们听。

我们向他们讲述关于平原地区、河内、八月革命、中部、南部的事情，有意让他们了解我们的祖国多么辽阔，人力财力多么丰富，以及他们正投身于一场多么波澜壮阔的运动。我们还以特别简洁而具体的方式向他们介绍世界，介绍从亚洲到欧

① 译者注：泸江是红河较大的支流之一，自越南河江省流入宣光省境内，至白鹤县汇入红河。

洲正风起云涌的革命运动。我们讲起胡伯伯数次夜行的事。夜行？在这样崎岖陡峭、凹凸不平、曲折蜿蜒且丛林密布的道路上？原来我们还只是些初学乍练的“子弟”在体验革命前辈曾经历过的艰苦岁月。跟地下活动时期那些革命者所面对的艰难困苦比起来，我们现在的贫乏、奔波就如同大山旁边的一粒尘埃。接下来的战争可能会让我们陷入艰难于现状千倍的境地，但我们没有丝毫的气馁和退缩。我们相信自己的耐力，和来自同胞的支持与保护。在这深山穷谷之地，尚且还有这么一群穷苦、伶仃的傻族同胞在殷切盼望着革命、独立和自由，那我们更有理由坚定信念。

大家伙越聊越亢奋。跟我们围坐一起的傻族同胞眼里有了光，眼神也轻快起来。在这些身处幽暗山林的灵魂深处，似乎有什么东西刚刚被唤醒。阿诊和阿宝高歌起来。他们彼此约定，等抗战胜利了就挣点钱做几身好衣裳，穿着到平原地区去看看。赵文香也兴致高涨，嗓门大了起来。他承诺争取捕头鹿，拿鹿皮来做衣裳好去河内。

阿莲也变得欢快起来。这个苗条得宛若柳枝的少女常偷瞄阿思。等众人的说笑声渐小，她低声细语跟阿思说：“Kháng chiến thành công, đồng chí Tư giú nảy au mê cần đồng, thu mà（等抗战胜利了，阿思同志就留在这里娶傻族老婆耕田养家吧）。”

为了避免所有可能让我们在当地失去民心的麻烦事，每在一个地方久了，我们都常常找机会巧妙地向众人透露自己是有妻儿的人了。但其实挺难为我们的，不就是血气方刚还渴望爱情的男子，却偏偏得克制自己的感情。土族姑娘们皮肤白里透红，眉眼清秀，举手投足纯真可爱，还开朗活泼，跟我们开玩笑说：“才不是呢，他们都还没老婆！越盟[1]的人不娶老婆！”

很多时候我们内心那个放纵而自私的“旧人’就会蠢蠢欲动。这种时候我们都会告诫彼此，半开玩笑话半酸楚道：“假若咱不是越盟！”

我们得体的举止和有度的礼节让周围人都深感钦佩。跟我们聊天时，他们会以我们为道德榜样，跟西方那些曾盘踞在此的家伙作对比——他们强迫每个村庄每天轮流“进贡”一个漂亮姑娘服侍他们，睡觉时都得有人在一旁扇着扇子伺候。如此我们愈发感觉到保持德行的必要性了。每每碰到漂亮姑娘都只能心里暗自长叹。

1947 年 12 月 2 日

今天下山，整个僾族村都依依不舍地来给我们送行。阿诊同志家送来柠檬、大豆和鸡蛋。阿军的母亲一路跟着送，还塞给我们一棵硕大的白菜。都走出一段路了还看到阿明同志的儿子吆喝着追了上来。我们以为是忘东西了，结果不是。这孩子一边喘得上气不接下气一边递给我们一串姜。虽然东西已经“驮”得满满当当重得要死，我们还是照单全收了，好让他们高兴。每个人都说，有时间就上来玩。

第二天下午我们下到山脚。其他同志很久没见过我们了，看到我们都叫了起来。他们说我们这仙修得都快得道了，意思是已经快成熊样了。头发长得近乎披肩下来遮住颈窝。皮肤蜡黄，衣服灰蒙，还胡子拉碴。我们像突然到了一个繁华、明亮且极其现代的地方。看谁都觉得好看，看谁的衣服都是崭新

① 译者注：全称越南独立同盟会，于 1941 年成立，是近代越南历史的反殖独立组织。

的。走在山边田埂都觉得如履平地。

今天借来“理发推子”互相帮着剪了个头发，剪完整个人轻松不少。跑到一条宽阔的溪边，把整个脑袋都扎进水里洗。虽然冻得青紫，但很是痛快。换身新衣服往回走，觉得自己脱胎换骨。遇到一群土族姑娘和一个大爷去秘密竹棚，我打招呼道：“大爷好！各位同志好！”老大爷点头应“嗯”，姑娘们则叽叽喳喳地你一句我一句“两位同志好！”“同志真好看！”

姑娘们哄笑起来。我红着脸，幸福得忘乎所以。只可惜没法找面镜子照照自己是不是真这么好看。但当天下午我就重新找回对自己的正确认识，因为阿思告诉我说机关里过半男同志都被姑娘们赞过好看，剩下的小半部分是因为运气不好，还没碰到过哪个姑娘。一棒打回原形。

1948 年 2 月 3 日

从报纸刊发那天起就一直很忙，以至于完全忘记写日记这回事，何况也没什么值得写。

每天就是坐着埋头写作，从长稿到短讯都尽可能写得简明易懂，写完就拿给一个土族交通员先看，问他能不能完全看懂，他不懂的地方我就重新写，他不认识的字我就用别的字代替。

长久以来我都希望能有这么一份小报能够让“新兴读者”都看得懂，也就是说，让大多数人都看得懂。

全国抗战爆发前不久，我曾离开河内到一个小省份“试水”，很幸运自己这种尝试能走到这一步。我干得非常认真，沉迷于这份如果放四年前被人逼着做可能会让自己发疯的工作。那时的我写文章是为了出名。我一心只想创作出让自己青史留名的作品。我渴望得到各位文友、著名作家和有影响力的评论家的美誉。这些人的看法就是我的全部。我从不关心那些只有小学文化的人是否能看懂，他们读来干什么？他们哪知道什么是文章？再说，文章于这些精神贫瘠、才识粗浅的人来说有什么益处？他们如果要解闷，有的是赌博摇骰或者酒和狗肉。他们不需要读书，就算偶尔读起也从不屑于记住作者。

我太过自我。八月革命后，我愈发觉得自己这个“小我”其实毫无意义。它只有跟周围的人融合时才会展现些许价值。很多时候必须忘掉自己，想要成为一个有用的人就应该先忘掉自己那些虚名。何须一门心思千方百计只求青史垂名？创造历史是一项更伟大的工程，也是群体的事业。我们应当做到替大多数人着想多于替自己着想。我过去和现在都在努力去适应一份默默无闻但极富意义的工作。

我知道自己还有很长的路要走。内心那个“旧文人”时不时还在骚动。我会突然因为这几年都没能写出一篇能被朋友们称道的作品而忧愁。卸任村长一职后又投身于宣传工作，但几年来几乎每个夜晚我都会想起这事。

但这篇理想中的作品，难道是今时今日我才不得不束之高阁的吗？其实在我脑海萌芽那天起，我就已经把它束之高阁了。此前，我的大部分精力都用来写那些连自己都不满意的短篇、长篇小说和儿童读物，以便从文章贩子那里赚些钱，拿回家养活自己和妻儿。我们的祖国尚被压迫一日就遭轻鄙一日，那文人自然也就被视为一群可有可无的人而备受冷眼和薄待，为了维持生活，我一直在做违背自己意愿的事。为什么自己不能放下傲慢的架子，投身于眼下这些“不文艺”但其实能为自己带来更高级艺术的工作？如果我有足够才能写就此生的巨著，它将传诵于千百万人而不仅仅是此前的三五千人。

每到下午，住附近的土族村民就会来我们这儿聊天，读报。我更有机会深入了解他们的理解能力、谈吐习惯、生活方式以及焦虑和梦想。有赖于此，我得以改进写作风格并寻找创作题材。说得出一句大实话，刊得出一条人们会口耳相传的通讯，想得出朗朗上口但不至于成为快板的歌谣，写得出一篇言简意赅但妇孺皆能明白的文章，我都会觉得跟写出一篇自己都感到称心的短篇小说一样幸福。有时，朋友们包括我自己在内也会担心这种写作方式会带偏我本已多少有些拥趸的小说风格。但我这份小报的读者人数也在与日俱增。搞宣传的同志和干部告诉我，报纸非常适合这里的群众看。这四五千人起码都读过或者讲给另外四五千人听过。怎么能说现在这上万个直接或者间接的新兴读者，就不如以前读我小说的四五千个读者那样值得我上心呢？以前我无时无刻不焦虑于自己原有作品的影响力。如今我对自己这些小“豆腐块”更觉踏实。这些作品没什么太深刻的内容，但它们能让读者更多地了解我们的抗战从而增强信心，能鼓励他们踊跃投身这场全民抗战，启发他们为抗战做些力所能及的益事。这正是我想要的。

我除了写东西就是看书。我们跟“印刷机关”里文化程度相当的同志组成学习班，面向学识尚浅的同志开设培训班。晚上坐在篝火旁，我以提问的方式向同住的土族交通员大叔讲解一些地理、历史以及政治方面的常识。半夜等他睡了，我就悄悄钻出被窝，拿上竹筒光着脚，一步一个脚印地走下一面很大的斜坡，到一个小水洼汲水——白天太多人汲以至水洼都干涸了。从主任、主编到交通员、后备干部，大家吃住在一起，亲密而平等，和睦胜过亲手足。所以每个人对工作都尽心尽力。尽管气候恶劣，生活条件艰苦，薪资很低，还远离故乡和家人，我们依然干劲十足且对机关充满归属感。周围群众看着都觉得氛围很有爱，许多人把孩子托付给我们教导或者直接申请进机关工作，边学手艺边识字。他们还许诺，机关搬到哪里就让孩子们跟到哪里。

与此同时，阿思跟地方政府、人民团体和当地群众都保持着密切联系。他应允出任培训班讲师，还是这一区负责群众事务的干部。阿康开了个班向附近几个省过来学习的宣传工作者培训石印技术并讲解报告。日子过得很惬意，也没什么波澜。偶尔侬族兄弟姐妹会带些白菜、香菇、南瓜子、木薯、姜或者熊肉下山来看我们。

我们开玩笑说山上的侬族村就是我们的“娘家”。临近春节，阿思让我争取抽一天时间出来“回乡”去给大家拜年。我从一个朋友寄给我的包裹里翻出几个镀金项圈和手镯，带给那几个未出嫁的姑娘和孩子们做礼物。几个老大娘看到我们高兴地叫了起来。他们拿出不知道猴年马月放在箩筐里的生猪肉炒给我们吃。也还是得好好吃。阿思吃得过于实在，那天晚上就上吐下泻。我因为只吃豆子而巧妙避过，啥事没有。

我利用春节几天假期写了一篇短篇小说，权当了桩心事。小说名叫《先师曹操》。但后来我又给它起来个更简洁、更贴切的名字，叫《一双眼睛》。

1948 年 3 月 4 日

阿利收到一封家书，他的家乡立齐[1]了。也就是说，半年来西方这些鬼子仅挪进一个村庄！如果他们像以前一样在河两岸同时推进，那我的家乡现在也早已沦为敌占区了。我想到了父母、兄弟、家园、田地。我想到那些青年们。他们还能牢牢维系住组织吗？请你们务必保卫好咱深爱的家乡啊……

西方殖民的时候，我很讨厌自己的家乡。自打独立后，我开始对家乡爱得深沉。阿康和阿思总得听我唠叨家乡和家乡的青年们那些事，也是难为他们了。

1948 年 3 月 7 日

今日阴雨。这阵子雨特别多。山蚂蟥都直接进屋了。我挽着裤腿穿着雨衣，拄着棍子去隔壁村，代替因为临时有事回了平原地区的阿思给一个培训班讲授国内外形势。

班上有二十多个老中青学员。都是傻族、土族同胞，有些已年过五十，威严得像个区长。他们几乎都只是会讲点京族话而已，该用什么方式来授课呢？

当看到一位上了年纪的同志那专注的目光里，因为听懂了我所说的而突然有了光，我感到无比幸福。课间休息时，这个同志兴奋地告诉我说："现在我才知道这些信息。以前什么都不知道。没有报纸可以看，看了也一知半解。"

1948 年 3 月 9 日

还是在培训班。大家伙围着篝火抽着水烟聊天。他们都抱

① 译者注：越南抗战时期地方上会有一些伪政权，如维持会之类。立齐，即建立地方政权。

怨说小时候没学可以上。

“说是没学上，谁信。不上学，怎么识字，怎么当干部？但干部又几时上过学！为了交得起税，小时候放牛，稍大点就去服劳役。只有当官的和有钱人家的小孩才有学上。”一个愤愤不平的男同志如此这般告诉我。大部分人都是自学的，很多人一边放牛一边就在地上比比画画地写写字，这样也算学了点。

但很多有钱人家的孩子去上学就只是玩，学个三四年都还不识字。我面露怀疑，他瞪大眼睛：“真事，这家伙笨极了！甚至不懂跟姑娘交往，讨个老婆都是用钱买的。”

他们说起以前法国的恐怖统治……

如果说在外闹革命的人苦一分的话，那留在家那些人就苦十分。但等那些家伙把革命者的家人都抓起来囚禁时，那革命者就也无须再顾忌什么了。不再操心家里的事了，革命闹得更甚。越奸可是慌得乱了马脚。

1948 年 3 月 16 日

今早，在河内的傀儡电台那迷魂汤似的声音报道说，昨天，那帮家伙互签了去年的协议。协议的开篇就提到了人的品格，以及社会中每一个体的自由……我突然就像被薄竹皮划过脑壳，如同听到专门虐待囚犯以敲诈勒索的狱卒亲口说自己家三代修善积德。真想大声骂娘。

昨晚有消息说，中国的解放军仍在行进。当人民的浪潮汹涌起来，这股浪潮迅速蔓延开来，要冲刷掉这个腐朽社会的所有污秽。那些财阀的黄金将变成粪土。正在快步行进的战友们啊，我们期待着把手言欢那一天。

1948 年 3 月 19 日

雨依然下。昨晚还越下越大。我被渗过蚊帐滴落到脸上的雨水惊醒，起身掉转头睡到脚那边，紧紧蜷缩着身子以避开屋顶渗漏下来的水，久久难再入睡。雨一阵阵倾盆地跟潮起潮落一样，一阵哗哗声然后渐弱，然后又一阵哗哗声，再渐弱。雨滴已不再只是滴答敲打树叶，而是汇成一股急流从层叠的叶片上滑过。地板底下的水流声如同破疮流脓，湮渗进夜的黑幕中。

老天，那种无形的虫子从破破烂烂的棉絮里爬出来，惹得脸上脖子上一片瘙痒。这怎能睡得着。自然又想起阿莲，想起孩子们。想起自己人生中那几场雨。我的人生似乎尽是雨天，关键时刻是雨天，离家时是雨天。雨啊雨！在甘蔗船上的雨夜。春大娘家的小茅屋漏水的那些雨夜。

但每每雨势稍弱，就能听到漫天枪响。尽管下着雨，昨天枪声还是响彻一整天。在这大雨滂沱的夜晚，枪声依旧。枪不知道天在下雨，它从不萎靡。枪啊！那些铁一般的枪杆啊！卫国军战士们啊！我知道，很多时候你们为了省点米只能喝粥，为了狙击敌人在雨中一站就是一天一夜。你们的意志就如同那铁一般的枪杆，滂沱大雨何曾能浇灭千锤百炼的铁的意志？我为自己的萎靡感到惭愧，还不够坚强啊！战士们啊！无名的战士们！请你们教我如何献身，如何战争，默默战斗，忘我地战斗，将个人安危抛诸脑后地去战斗。请你们把眼里和心中耀眼的光芒照射进我的内心吧——它仍无比幽暗，旧日那些乌云仍在萦绕。请你们帮我清扫这一切吧！统统清扫干净，让我的灵魂变得敞亮，焕然一新！

枪声依然清脆。我屏息侧耳倾听着。枪声如同在咯咯发笑。昨天有两个法国士兵在府通[①]出降。那帮家伙如何忍受得了山区的晦暗幽沉和阴雨连绵？他们如何忍受得了喝着稀粥来打仗？雨啊，雨！你尽管给我下！将会有更多鬼子出降！

1947—1948 年

① 译者注：越南地名。

在越北地区的路上

老大爷握着我的手深情凝视。没承想在这儿还能碰上西方那套礼节。上游地区的同胞本就喜欢通过轻柔友好的握手、搭肩等方式来表达善意和留恋，如同我们聊天时会摸摸孩子脑袋，捋捋他的头发。

“同志你走了，我上哪里去了却这份思念呢！”

在山区，像这样一句家常话就已经很动听了。他还说看我离开，他惋惜得如同看着一只甲鱼沉入大海。老人在山区生活了一辈子，也许压根没看过海，他这话到底是真心还是客套？抑或两者兼有。这里的人并不像人们想当然那般质朴，也会低买高卖，钻营谋私。尽管有时我们会为此生气，但也都明白：在买卖社会这几乎是人之常情。很多时候他们确实比较浅薄，但也只是因为文化程度和视野见地略逊色于下游地区。但同样地热爱祖国，憎恨西方，敬爱胡伯伯——相当憎恨西方也相当敬爱胡伯伯——就够了，足以让我们更容易理解彼此，相亲相爱。

而且跟山区同胞接触多了，我觉得他们其实很容易亲近。无论我们驻扎到哪里，不出几个月就能跟本地人打成一片。葬礼、婚礼哪哪都有我们的身影。青年男子来我们的小竹棚看报告，借书，或者侃侃而谈。老人们说起话来都好像沉吟。而那些两颊绯红的少女们则来这里讨要些胡伯伯的照片或者歌曲。每次转移驻地都会有诸多眷恋和不舍。

老大爷依然不肯松开我的手，摇头晃脑叮嘱半天："走后要多保重身体！什么时候出差路过，记得顺道来看看我！"

这般反复三四次，我才得以抽出手离开。也不知道老大爷回去后是否还惦记，反正我内心是挺不舍的。原来我对这里的人和物似乎已经有了千丝万缕的牵挂。一开始我们认为自己只是来这里做民运工作而已：努力让当地同胞与我们亲近起来。渐渐地我们自己也对他们产生了感情，这份感情来得太过悄无声息，以致自己都没能察觉。

自战争以来，得以频繁更换驻地，我才发现这个暖心的事实：不管在越南的哪一寸土地，都有我们的贴心人。只要先让他们感受到我们是他们的贴心人，那么，对祖国的热爱之情，对同胞的保护之意，对与自己同目的、共命运之人的悲悯之心，就能在全国各地同胞身上清楚地表露出来。没有一个地方让我们感觉身在异乡，正相反，走到哪里我们都倍感亲切。

刚踏上越北地区时，一个朋友问我对这里的初步印象。

我想了半天也没想出什么来，跟搞宣传似的答道："西方列强任何时候都不敢来这里，他们会因补给问题必败。"

朋友并不满意这个答案。他又进一步阐释自己这么问的意图:“我想问的是你个人感受,你是怎么想的?在深山老林里穿梭,害怕吗?”

“啊,怕倒一点都不怕,我只觉得跟去旅游一样有趣。路上熙熙攘攘地就跟下游地区的街道一样,深入羊肠小道又或者翻山越岭,我都只当是走过空旷的平原……就是山蚂蟥让我遭了不少罪。”

朋友轻声笑着问:“之前你有上过越北吗?”

“我头一次来。”

“那你感觉不到这里的变化。以前,光是谈论起茫茫林海就让人感觉很神秘,很恐怖。土族、侬族、苗族都是让我们望而生畏的异类。还有,你现在看到的这些人来人往的道路,以往鬼影都见不到。很偶尔才能碰上个路人,所以走在上面都让人心里发毛。”

是的,革命让山区改头换面,甚至改变人心。现在这里的人们相信祖国相信政府,相信自己和自己身边的人,不再顾虑重重,缩手缩脚。咱也不再害怕山林,城市乡村融为一体,上游下游亲如一家。虽然疆域没变,但领土似乎扩大不少。我们眼前的高山密林从山岚瘴气,变得广阔无垠,跟过去一样不可侵犯但是被赋予了无限可能。工厂以瀑布急滩为动力,如雨后春笋般在这片土地冒出来。大片屯田、牧草将会跟农场一起出现,电灯亮如白昼。疟疾从此无处遁形。河内人来这里避暑,土族、侬族、苗族的青年到首都去上大学。上游地区和下游地区不再泾渭分明,如同农村和城市的鸿沟已经弥合一样,未来大搞建设的日子是多么让人欣喜!

走到河边我碰到了娟姐。她正把米倒进水力舂臼。昨天我已经到她家拜别过“长老”，所以一看到我，她立刻用流利的京族话跟我打招呼：“心大哥要回去啦？”

“是的，要说再见啦！”

“再见！一路顺利啊，回去后会不会想情人啊？”

她笑得眼睛眯成一条缝，圆滑红润的双颊凹出俩铜钱般的酒窝。我也笑，用土族语回道：“Xướng chứ lại！ Xướng chứ nhình Quyên lai！（会想啊，会很想娟姐呢）”

她两晕绯红，扑闪着双眼望着我：“才不想我呢，你想你老婆！”然后又笑，突然道：“那您走好，多保重！祝工作顺利啊！”

她从我身边刮擦着靛蓝色衣裳快步走回去了。就这般淳朴。她们谈起情爱之事都很自然，欢快而率真，也许半个钟后阿娟就已经忘了我了。

无所谓。但我独自低着头踟蹰，想入非非——她会不会走出几步再回头看我，让世界变得更美好——但也无所谓！

沿着条山道一口气爬了三个小时，我走每一步都像灌了铅般沉重。这时走到一个如同悬挂在兀立危峰的半山腰上的傈族村庄。全村统共就三户人，台阶是相互连通的。屋里的柱椽是还留着皮的大树。没有一个凿孔，一个榫头，因为傈族人唯一的工具就是一把刀。男人们去哪里都背着它。竹子、木棍被绳子绑成一捆捆。煮猪食的灶炉和大锅就这么横七竖八堆在屋里。这里的人们彼此很亲密，也很平等。

但今天人和物都转移走了，人去楼空显得一片冷清。傈族人就如同这片云顶上的莽莽密林里的一群鸟，总觉得自己的“窝”过于暴露，总觉得要不停转移，把牛、鸡、猪、玉米、水稻、盐和老人孩子都转移到一处除了他们以外没人知道、也没人能找到的隐秘地点。有时他们会直接抛弃旧家从此不再回来。森林里竹子、树木应有尽有，新房子想盖就盖，什么都不缺。所以僾族人离开自己的家园，离开已不再肥沃或者他们认为不再适宜居住的土地，又或者过多人来人往的地方，稀疏平常地就如同旅者离开一个客栈——仍能从他们的骨子里看到游牧习俗的影子。

我站在这小小的村庄前，大口喘着粗气歇歇脚。因为长时间埋头赶路，现在眼直冒金星。衣服已经被汗水湿透，喉咙也干得冒烟。没法去屋里讨些水喝，我在脚边捡了些掉一地的白榄来吃。白榄微涩，微甜，说不上好吃，但吞下去会有一丝甘甜缓缓滑过喉咙——也不失为一种解渴的办法。

僾族兄弟曾告诉我，橄榄多的地方熊也多。我独自站在这，想起曾有个僾族兄弟被熊扑倒，脸、脖和肩膀被挠得稀烂。但在森林里待这么久，反正我从没亲眼看到过熊。熊扑人的事我也只见过僾族兄弟那一桩而已。所以我依然觉得，在森林里被野兽袭击就像在河内、西贡这样繁华的大城市里被车撞倒一样，固然是完全有概率发生的事，但也无须但凡出门就忐忑不安。因此我对眼前这满世界的荒芜僻静没有丝毫惶恐。

我脚边是一条湍急而下的溪流。哗啦的水声直冲耳膜并震荡回旋，成为高亢欢快的鸟鸣声中低沉厚重的背景音。满眼都是或疏或密、延绵一片的群山，千山一碧，层层叠叠起伏不平，与碧空相接如同翻涌的绿浪，其间点缀的几朵悠悠白云就像是碧波卷起的白沫。天气高爽，阳光和煦。山区的春天通常都是灰暗且泥泞，阴雨连绵不绝，像今天这般明媚的春日也是罕见。这里的春天就是山蚂蟥的饕餮盛宴。

茫茫林海无边无际，深不可测。山浪峰涛层层叠叠，浑然一体。山峰彼此依偎，层峦叠嶂延绵无尽。山林里没有路，但有成千上万的小道。西方那些家伙冒死跳伞下来盘踞在北越的几个要道，以为能以此遏制住我们。但我们仍交通运输如常。这些艰难困苦对我们来说只是小菜一碟。一股充满力量的血液有它独特的、不同寻常的流通方式，不管这一段还是那一段被堵，都能在别处冲刷出数百条不同的道路。

走着瞧吧！是炸桥毁路后咱的道路才开始拥挤的吗？细想方觉有趣。以前康庄的柏油路、石头路，火车、汽车随便跑，根本不缺任何交通工具，但生活就是停滞不前。被禁锢的时代确实贻害无穷。道路被破坏后，生活开始鲜活起来。我并非想要把这种生活诗意化，但事实上从抗战开始，尽管毁灭破坏和生离死别让我们饱受摧残，但祖国的面貌却焕然一新，力量愈发强大——只需到马路上一看便知。

道路被炸毁被封锁，但人流穿梭如常，往来如织，比以往任何时候都要顺畅和活跃。看来往日的淤堵不是因为血管堵塞，而是因为寄生虫作祟。我们国家的动脉在战争中因为摧毁和封锁而被撕裂得七零八落，但鲜红的血液依然如常奔涌，血脉依然紧紧相连。最烦的是那些通过坦克装载病毒的寄生虫和破坏性生物。但也被我们抗争的激情热血扼制住了。

所以他们不得不撤出越北地区，有时因为走投无路，还得烧毁数十辆汽车，掩埋数十吨弹药和罐头。他们只能依靠先进武器装备的力量。但当咱让他们的最新武器无用武之地时，他们还有什么？一群垂头丧气、惊惧恐慌、暴躁易怒、丧失斗志的人而已，无时不在哀号，日益焦躁。

而我们则是坚韧的，我们民族的毅力是平和，安静而隐忍的。它不会像炸弹和地雷那样爆出巨响，也不会像火山那样撼天动地。它是奔流不息的江河，昼夜冲刷两岸为自己开拓出一条更为开阔的道路，孕育肥沃的河滩并让它日益辽阔。它所展现的是一种润物细无声式的简单和坦然。

无论谁在越北地区的道路上走多几趟——那一条条需要翻山越岭、蹚溪涉水、爬过数百条鼻子都要贴地的陡坡、双脚快要干透却又不得不再次踏入水中的道路——恁谁这样走上几遭，都会惊诧于我们的人民克服困难的耐力和努力。对我们来说，几乎就没有克服不了的困难。需要做什么，想要做什么，我们都可以去做，并努力做好。

当日敌人跳伞下来，次日一个可容纳三四百号工人的厂房就从最重要的部分开始逐步消失。工人弟兄们整整四天忙着拆卸，搬运，掩埋，日夜不眠不休，饿了随便吃点，困了就地躺会儿，脸不洗牙不刷，几天后工厂就连外壳都没了。它已经被转移，不留一点痕迹——整个工厂都被抬走。它自动分成了一个个小部分，穿越数百公里山路转移到别处。

转移任务着实艰巨且繁重。就算在宽敞平坦的大马路上搬运这些铁家伙都足以让人腰酸腿痛，何况眼下还无路可走——尽是些泥泞不堪、山蚂蟥遍布的小径，近乎垂直的陡坡，危石嶙峋的河流，得不停地跋山涉水。这般崎岖的路，一个人背个包都得逐棵树吊着攀过去，这种情况下还怎么抬东西过去？站在哪里抬？如果脚滑或失手，怎么才能避免被这些铁家伙压扁骨头或者砸断腿？一台大概只五十公斤重的机器，人们都得一小步一小步地挪，一边挪一边垫，一边用锄头凿出阶梯。如果再重点那就更加艰难了。

就算如此我们即便赴汤蹈火也下定决心要做到。如同愚公移山一般，几十吨重的铁家伙就在这种小径上辗转数百公里。也就一个月左右的时间，我们的工厂又会重现在另一个更为隐蔽的驻地，从容不迫地生产着抗战所需物资。

如此这般，西方那些家伙想揍我们就如同揍沙袋，除了弄疼自己的手外没任何作用。这里打压下去，我们的力量又会在那里喷涌而出。除了他们自己的手受点伤之外不能损我们分毫——或者说，受很重的伤。

我想到将来我们的新兴城市，虽然规模不大，但繁荣且欢乐。它们自然而然地形成：一开始是几间方便往来行人的饭店，然后吸引咖啡店和杂货店开到这里，接着是裁缝店和鞋店。一栋栋楼房拔地而起，街区不断扩张。看这一带热闹起来了，散居避难的民众也开始聚集，再新建些商铺，过客也特地安排好行程让自己能够在这住上一晚，享受人声鼎沸的乐趣。一个人如果神经一直紧绷着，那得多难受？一杯咖啡，一根香烟，一间热闹敞亮的屋子，一个开朗活泼且伶牙俐齿的老板娘，这些说来即便没有也不打紧，但日子久了，能有这么几个小时的时间感受一下这种氛围，也足以让生活增添许多趣味。抗战归抗战，人们仍需放松，需要娱乐。不过还是要保持清醒。

有些吸引人的玩意就像鸦片烟，只会耗损我们的精力。所以宁愿乏味也好过去吃些可口但害人的毒药。西方的酒、西方的烟、西方的奢侈品咱再怎么想要，也绝不能让这些东西害了我们。一杯"梅花路"咖啡，一根"牛角烟"也足以让我们拥有片刻愉悦。这种时候切勿吹毛求疵。

有些树，如果剪掉一点末梢，它能长出更多枝丫来；如果剪掉一根枝干，它能长出数十根枝干来。顽强的生命力需要找到突破口以喷涌而出。每一次我们的旧城市被破坏或者放弃，几十个新城镇就会冒出来。极其旺盛的生命力从不甘于被埋没。可以预见，今天这些崭新的城镇将成为明天的大都市。此时此刻，就在战争涂炭中，就在狂风暴雨中，新芽已经吐露，越南未来新貌已呼之欲出。

1948 年